▶ "倾听自己内心的声音。内心的指引具有强大的力量,这种力量会推动我们走向理想的彼岸。"

——
薛康 / 摄

"现在已是深秋,半山村的早晨总是涌动着白色的雾霭。房屋背后的树林已经变了颜色,赤橙黄绿青蓝紫,一片缤纷随风荡漾。"

—— 薛康/摄

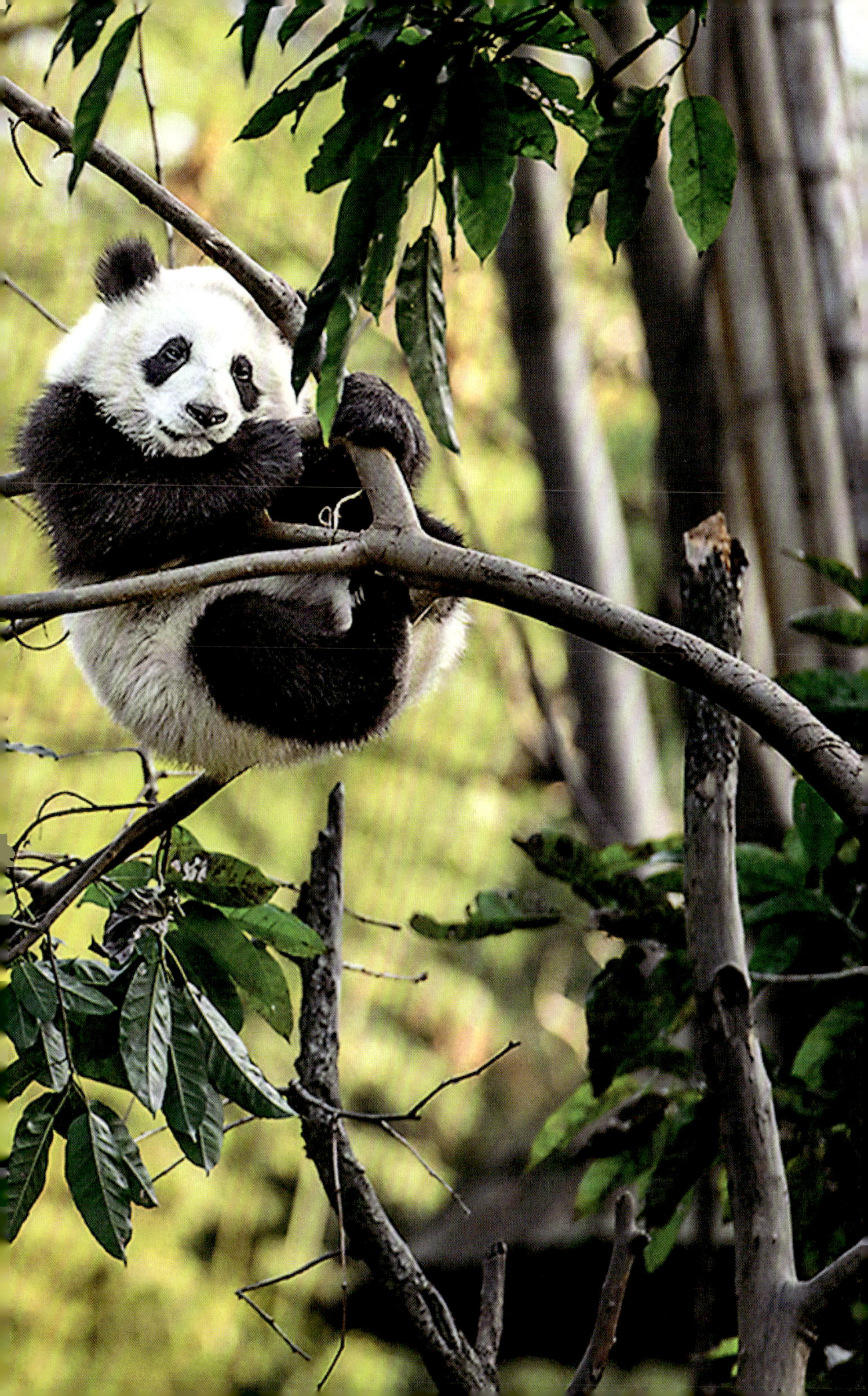

▶ "我的故乡半山村，山里生活着几十只熊猫。这个区域，据说是野生熊猫最多的地方。根据规划，半山村即将成为大熊猫国家公园的一部分。所以，世代生活的人们，必须迁移出去，给熊猫一片自由自在的山林。"

——
薛康 / 摄

▶ "天空变成淡蓝色,繁星与圆月镶嵌在一起,如梦如幻。这情景是我儿时最美的记忆,此时此刻,我却感觉不真实。离开半山村接近二十年,有些东西永存于心,有些东西又彻底消亡。人生一辈子,兜兜转转到底是为了什么?"

——
薛康 / 摄

▶ "我的世界里,巍峨的高山变成了高耸的建筑,流淌的河流变成了交错的公路,响彻山间的鸟鸣变成了疯狂涌动的聒噪。多年后的这个秋天,当我走过万水千山又回到人生出发的地方,我终于明白什么是内心的指引和理想的彼岸。"
——
薛康 / 摄

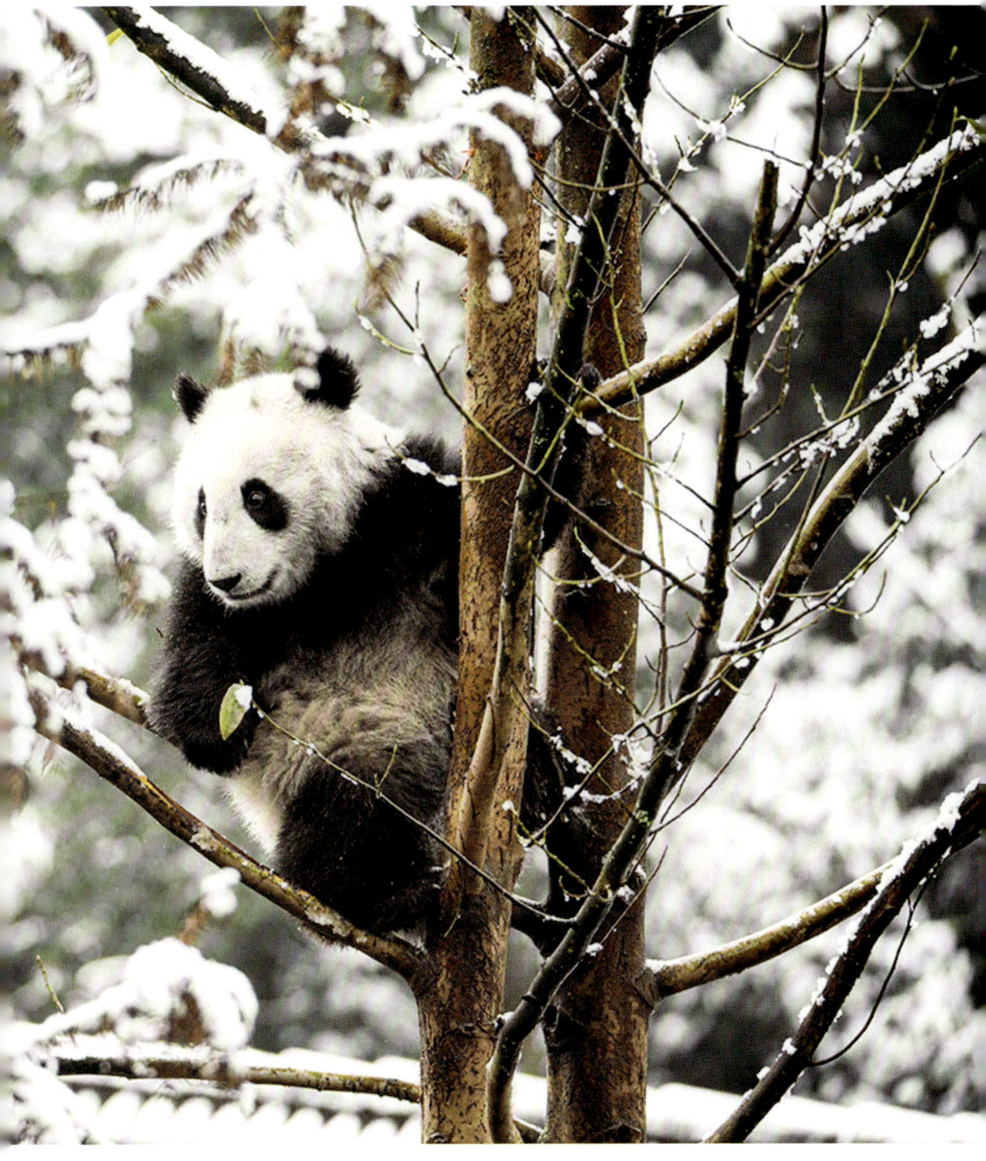

▶ "坐在草地里,我的思绪一下就回到了半山村,扎进那些旧时光,就像小时候一个猛子扎进河里。记忆在脑海里翻腾,过往的人和事,都鲜活起来。最终,与熊猫相遇的情景,穿越几十年时空,成为这个秋日里最温暖的记忆。"

——

薛康 / 摄

蒋林熊猫文学书系

熊猫的村庄

蒋林 /著
薛康 /摄影

四川人民出版社

图书在版编目(CIP)数据

熊猫的村庄 / 蒋林著 . -- 成都：四川人民出版社，2025. 6. -- ISBN 978-7-220-13009-0

Ⅰ . I247.5

中国国家版本馆 CIP 数据核字第 2025PR6540 号

XIONGMAO DE CUNZHUANG

熊猫的村庄

蒋林 著

摄　　影	薛　康
出 版 人	黄立新
责任编辑	罗骞昀　郭　健
装帧设计	王　珂
责任校对	吴　玥
责任印制	周　奇
出版发行	四川人民出版社（成都市三色路238号）
网　　址	http://www.scpph.com
E-mail	scrmcbs@sina.com
新浪微博	@四川人民出版社
微信公众号	四川人民出版社
发行部业务电话	（028）86361653　86361656
防盗版举报电话	（028）86361653
照　　排	⊙四川看熊猫杂志有限公司
印　　刷	成都博瑞印务公司
成品尺寸	145 mm×210 mm
印　　张	4.5
字　　数	58千
版　　次	2025年6月第1版
印　　次	2025年6月第1次印刷
书　　号	ISBN 978-7-220-13009-0
定　　价	42.00元

■版权所有·侵权必究

本书若出现印装质量问题，请与我社发行部联系调换
电话：（028）86361656

CONTENTS 目录

PART 01　父亲的电话 /001

PART 02　熊猫的记忆 /013

PART 03　一场误会 /027

PART 04　特别的夜晚 /045

PART 05　车到山前必有路 /057

PART 06　犹豫 /071

PART 07　内心的指引 /083

PART 08　意外 /095

PART 09　决定 /107

PART 10　熊猫的村庄 /115

PART 11　追熊猫的人 /127

创作手记　熊猫的村庄，我们的村庄 /137

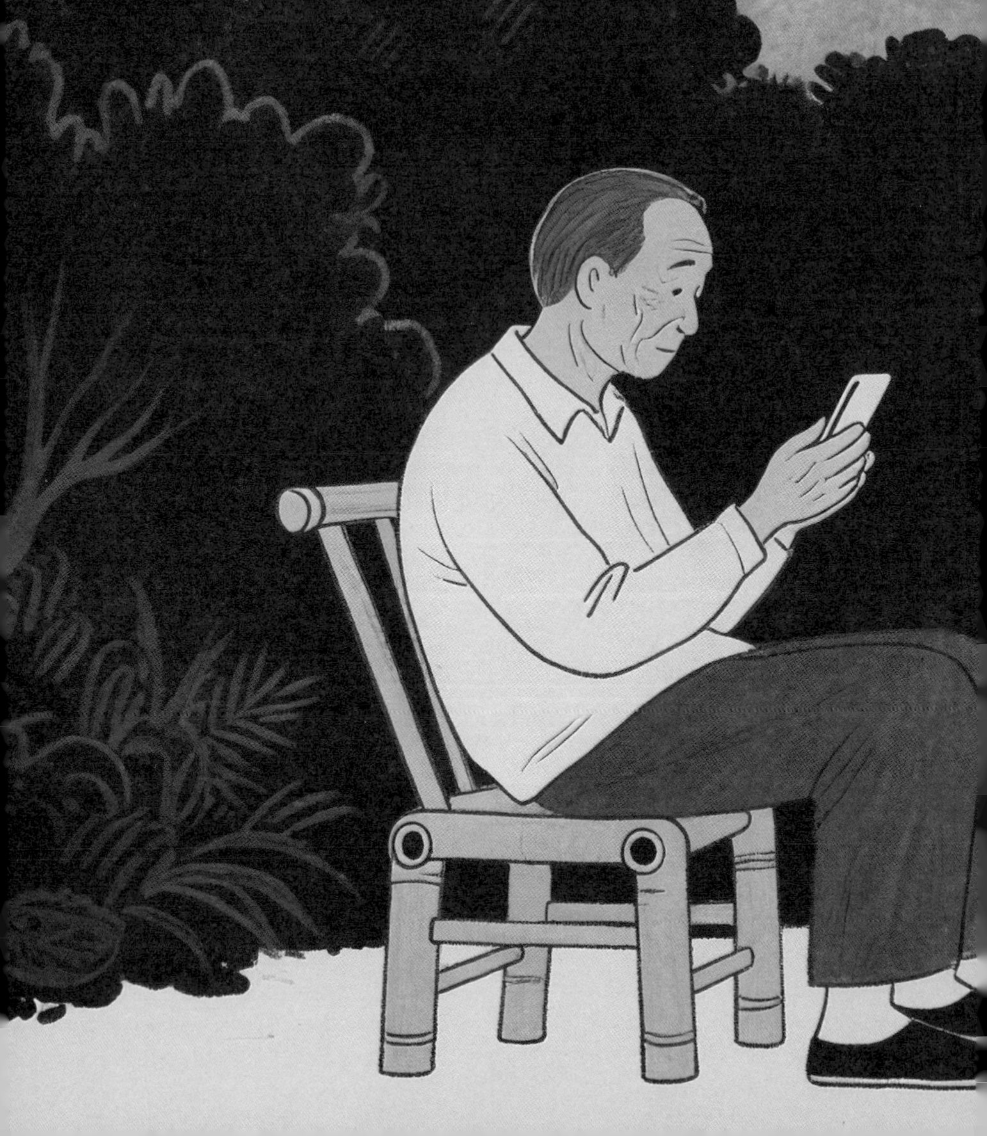

PART 01 父亲的电话

我能想象父亲握着手机的情形,或坐在院子里的椅子上,或蹲在院子外的泥土路边。瘦弱的身影藏在大山深处,被葱郁的树木隐藏,被缥缈的雾霭环绕。

Part 01 父亲的电话

电话响了三遍,刚结束又立即响起。

响第一遍时,我就醒了,但都没接。连续四天,我都加班到凌晨,一次是两点,三次是三点。回家后,我连洗漱的精力都没有,倒头便睡。甚至,我一度怀疑自己并非躺在床上,而是路边的草丛,或者桥底的石凳。被透支的身体让我意识恍惚,不知道自己如何穿越一条条街一幢幢楼,回到郊区这套并不宽敞的房子。为了不影响妻子休息,我在书房里搭了一个简易床,只要加班回来晚了,就蜷缩在这里。

我双手撑在床上,憋着气翻了一个身,用被子把脑袋严实地捂住,下定决心不接这通电话。人都累成这样了，还要我怎样？肩膀"咔嚓"一声，疼痛在身体里窜动。我咬了咬牙，皱了皱眉。"不是知道凌晨才下班吗？"我咕哝着，"能不能让人安静地睡一觉啊？"其实，我还想说，这样下去早晚要把人累死，但已经没有力气说出来。

"你爸问你，为什么不接电话？"妻子推开房门，披头散发地站着，"听他那口气，好像有什么大事情。"

"他能有什么大事情？"我掀开被子，一个激灵翻身起来，又立即瘫软地倒下，佝偻着靠在床头，又问，"他说没说到底是啥事？"

"没有给我说，他说要给你说。不过，我感觉像是天要塌了一样。"妻子转身就走，跟跟跄跄地回到卧室。全职带孩子，洗衣拖地，买菜做饭，接送孩子，辅导功课，已经让她精疲力竭。

天要塌下来了？我嘀咕道。接着，我伸了一个长长的懒腰，骨头又咔咔地响起来。每一根骨头都在响，声音汇聚在一起，像是一种威胁。

"要塌就塌吧。"我拨了拨眼皮，打了个哈欠，抓起屏幕上布满碎纹的手机。手机屏幕前几天摔坏了，还没买新的。一是天天加班没时间，二是有些心疼钱。未接来电里面，"老爷子"三个字，鲜红、醒目，像一道血痕。我摁了一下那道血痕，回拨过去。

听筒里刚响起一声"嘟"，我就听见了父亲充满海椒味的吼声。

"我打了三遍你都不接？接个电话很困难吗？家里发生那么大的事，你还能睡得着？"声音干涩、尖厉，仿似要把耳膜刺穿，"你在成都那么多年了，找几个领导汇报一下，我就不信还收拾不了那个混账东西。"

"哪个又惹你了嘛？"

"太混账了，一点道理都不讲。自以为当了个屁大的官，就随便欺负人，在村子里吃五喝六的。"

"你要收拾哪个呀？一大把年纪了，火气还这么大，动不动收拾这个收拾那个。"

"你在成都工作那么多年了，应该认识很多人，去给省里的领导汇报一下吧。省里的大官，治一治村里的小官，还不是吹口气的事儿。"

"你说的大事到底是啥事呀？你得给我说清楚。"

"你会不会给领导汇报啊？你也给我说清楚。"

"我只是一个打工人，一个画建筑设计图的人，我到哪里去找领导汇报？你要不要给我说到底是啥事？如果不说，我就挂了啊。"

我是真的生气了。不是表演，不是吓唬。在一个连续四天加班到凌晨后的早晨，遭遇这样一件荒诞的事，如果电话那端不是自己的父亲，我早就骂人了。

父亲像是被我唬住了，半天不说话。

我们都没主动挂电话。我斜躺在床上，父亲在遥远的半山村。我出生的那个村子叫半山村，因为整个村子凹在半山腰而得名。我们的呼吸，越过群山、树木、河流和楼群，在冰冷的手机里汇合，做着无声而又空洞的交流。我能想象父亲握着手机的情形，或坐在院子里的椅子上，或蹲在院子外的泥土路边。瘦弱的身影藏在大山深处，被葱郁的树木隐藏，被缥缈的雾霭环绕。现在已是深秋，半山村的早晨总是涌动着白色的雾霭。房屋背后的树林已经变了颜色，赤橙黄绿青蓝紫，一片缤纷随风荡漾。

"说起来，也没什么大事。"好半天，父亲才率先打破沉默，"刘自强那个混账东西，当了个村主任就开始横行霸道，非要我们迁出半山村，搬到山脚下集中修建的地方。"

"为啥要迁走啊？我们村被开发商看上了？我们要发财了？"

"你一天就晓得发财，我们这个穷地方，哪个开发商看得上？"父亲的声调又提高了，我的耳膜感到丝丝隐痛，"为啥搬走？说是要给熊猫让路。

我们祖祖辈辈生活的地方,以后是熊猫的了。人要给动物让路,你说可笑不可笑?这半山村里一直都有熊猫,好多辈人都这么过来了,现在非要搬出去,你说可笑不可笑?"

妻子起来了,在厨房里准备早餐。女儿也起来了,在客厅里早读英语。说起因为熊猫,当地老百姓要搬走,我倒是来了兴趣。我压着喉咙,与父亲交流着。大概用了半个小时,我终于把事情搞清楚了。

我的故乡半山村,山里生活着几十只熊猫。这个区域,据说是野生熊猫最多的地方。根据规划,半山村即将成为大熊猫国家公园的一部分。所以,世代生活的人们,必须迁移出去,给熊猫一片自由自在的山林。政府在山脚的一块平地上,统一修建楼房,分配给半山村的人。父亲告诉我,按刘自强的宣讲来看,新建的村子将来是熊猫文化与自然风光完美融合的范本,简直是块风水宝地。从此以后,我们村的人不再种地，只靠搞旅游就可以过上幸福的生活。

这当然是好事。但是，大家意见不统一，有人支持有人反对。父亲在电话里说，一些人觉得太好了，不用在山里这么辛苦地过日子了；另一些人却认为，没了山林和土地，他们什么都不是，将来靠什么生活呀？真的靠旅游吗？如果一股新鲜劲儿过了人家不来了，他们又怎么办呢？天天枯坐在家里喝西北风吗？

父亲属于后者，坚决不愿搬迁。

明白事情的原委后，我在思考一个问题：为什么没有人想过保护熊猫这件事？虽然我对熊猫没啥研究，但也知道大熊猫是非常珍贵的物种，是只有我们国家才有的动物。不过，转瞬间我又陷入了矛盾和自我怀疑。那些反对者的担忧，并非没有道理。旅游当然得靠游客，可游客不是土生土长的半山村人，而是来自天南地北。既然如此，别人想来才来，不想来就不来。如果游客少了，或者没有人来，那所谓的旅游岂不是一纸空谈？

为了全面地了解情况，以便做出更准确的判断，我问父亲："斌叔同意吗？"

"他与我一样，当然不同意。"

"那黎叔呢？"

"别说他了，人家女儿在城里发了财，每天在村里都穿着西装和皮鞋，早就想过新生活了。我猜，他等这个政策，都等了好几年了。"

"你要不要再了解一下政策，说不定搬到山下会更好，你自己都说我们那个地方太穷了。"

"你啥意思？我是让你帮我找领导反映情况，我们村里有些人不想搬。你这口气，怎么跟你黎叔一样？那老家伙，现在可不是个好人，跟刘自强穿一条裤子了。你是没看见，现在他每天跟在刘自强屁股后面，在村子里劝这个劝那个。"

父亲又激动起来，"老家伙"和"一条裤子"

这两个关键词，他说得特别用力，恨不得要把这些字咬碎，混着口水吐出去。

我倒没有生气，女儿朗读的声音清脆悦耳，我不想破坏这气氛。好不容易，我才在这个城市落脚，每天气喘吁吁疲于奔命，无非是希望女儿有个好的未来。她的确也努力，成绩一直名列前茅。

"这样吧，到底搬不搬，你与妈商量好就是了。我无法做决定，毕竟我的户口早就迁走了，都不属于半山村了，人家村主任都不会征求我的意见。而且，我人在成都，对具体政策也不了解。"父亲的冲动让我有些沮丧，悄然叹了口气，转而又说，"如果政策是好的，我觉得应该支持；如果确定将来的日子会更好，我们就可以搬迁。"

"混账东西。"

我的耳朵被"嘟嘟嘟"的声音塞满。好半天，我才想起父亲已经挂了电话。

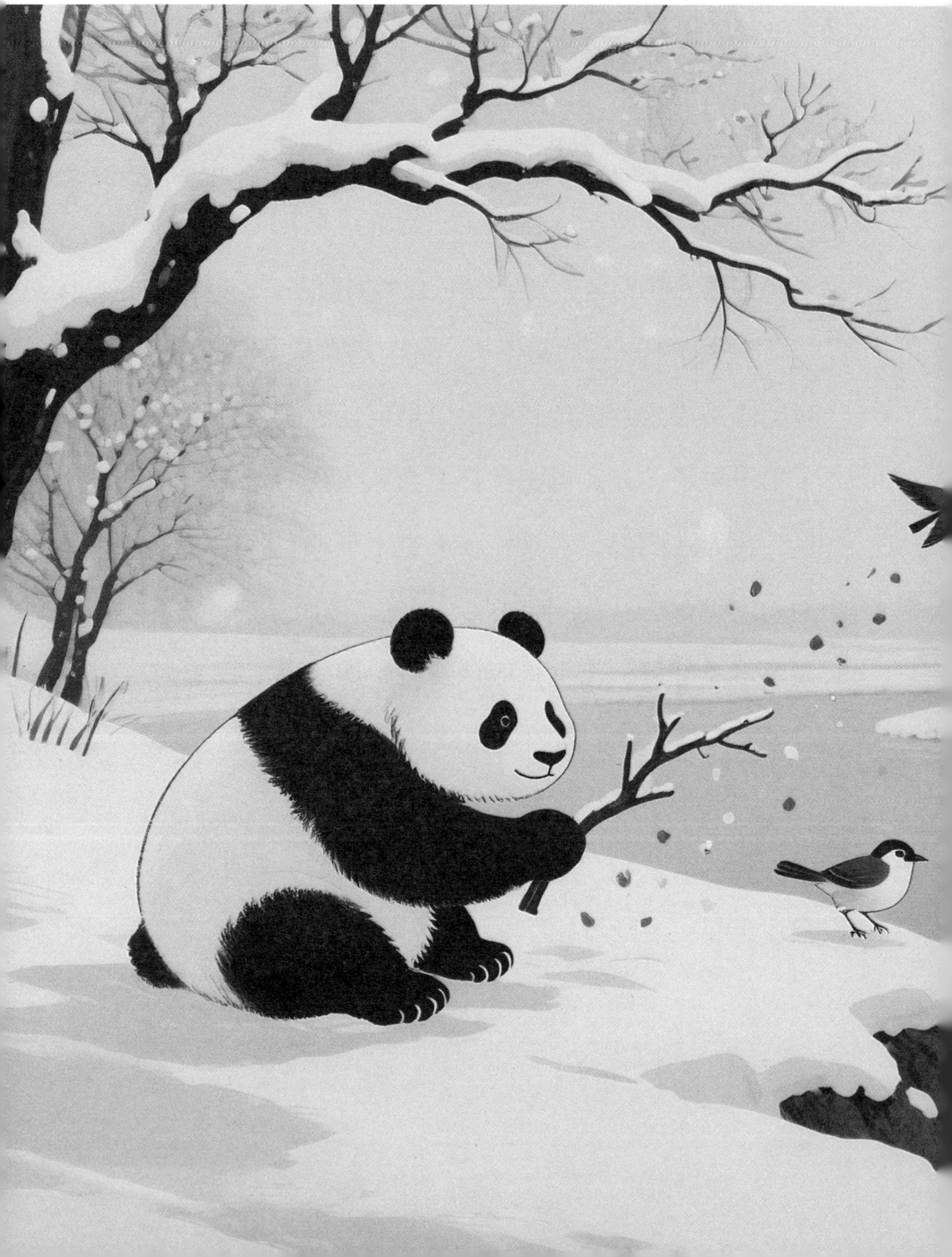

PART 02 熊猫的记忆

在一个几米高的小土坡上,那只熊猫像是蹲着又像是躺着,远远地望着我们。黑白色的身体,与雪地融为一体,右前掌里抓着一根树枝。

Part 02 熊猫的记忆

吃了一顿沉闷的早饭,我便出门上班了。

天空飘着小雨,挡风玻璃上的水珠,一滴滴、一串串,无可奈何地往下滑。路上很堵,汽车走走停停,一个小时过去,离公司大楼还有好几公里。结束与父亲的通话后,我一直心神不宁,莫名地慌乱。就父亲那暴脾气、犟性子,指不定接下来会发生什么事。可我又有什么办法呢?从我记事起,我俩就没有心平气和地交流过。他说任何话基本上都靠吼,我在他面前大部分时间都在躲。几十年过去,他又成了思维僵化的老人,我也步入身心疲惫的中年,隔着几百公里,靠着虚无缥缈的电波，任何一件事都说不清，更何况这是搬离故土的大事。在前后左右全是一动不动的车流里，我恍然大悟，才明白妻子所说的"感觉天要塌了一样"。

眼皮实在沉重，在每一个路口等红灯时，我都忍不住想趴在方向盘上睡一觉。或许，我的潜意识里知道不能睡，所以在路口时都会不自觉地争分夺秒。刚驶入锦江大道时，我的电话响了，是母亲打来的。

"早上与你爸说啥了？他怎么像吃了几碗海椒一样，说话夹枪带棒。"简单的寒暄后，母亲直接切入正题，"丢下手机后，他早饭都没吃，就跑到刘自强的院子里。不晓得怎么的，他们就吵起来了，打起来了。"

"打起来了啊？"我眉头一紧，咬着牙又问，"真的打起来了吗？"

母亲"嗯"了声，便哭出声来。声音倒不大，"嘤嘤嘤"的，像是刻意避着身边的人。我右脚慌忙用力，把刹车踩得死死的。我没想到事态如此严重，急忙询问缘由。母亲哪里答得出来，或者压根儿就不知道。她的重点在父亲受伤了，手腕有个血印，"就在血管那里，要是戳破了怎么得了啊"。

原本心情就不好的我，瞬间暴躁起来，一个劲儿地责问，说不就是给熊猫让个路嘛，那就让呗；说不就是搬到集中修建的地方住嘛，那就搬呗。接着，我又说，那条山沟里有啥留恋的啊，搬到山脚下不是更好嘛；人家已经说了，将来搞旅游，日子会更好，那就换个活法呗。

我实在是被气糊涂了，全然忘记了给父亲说的"看政策"。怎么搬迁怎么安置，我一概不清，可此刻却把远在半山村的父亲当成了出气筒，当成了处理坏情绪的垃圾桶。懊恼如这不休的雨丝，将我层层叠叠地包围。

"你回来一下嘛，要不然，还不晓得他会搞

出什么名堂来。"母亲没接我的话,反而提出一个要求,"你晓得的,这么多年来,我都拿他没办法。他说一就是一,他说二就是二。"

我沉默了很久,直到前方路口红灯变成绿灯,才答应下来。我在下一个路口左转,直接驶上绕城高速公路,朝着半山村的方向奔去。我是心疼母亲的,含辛茹苦几十年,眼睁睁地看着她在山林里穿行的身影日渐消瘦,最终成为了一道飘忽的影子。

在第一个服务区,我打电话向公司请假,尖酸刻薄的王默连珠炮似地质问:项目正在关键时刻你不知道吗?先斩后奏不管公司的管理制度了吗?想走就走是不想要这份工作了吗?无论我怎么解释,她都不理会,只顾着挥舞手中的刀枪。最后,她冷不丁地来了一句:"你是实现了财务自由,想回山野里过神仙日子了?"

最后这句话,让我彻底愤怒。奇怪的是,这

个荒谬而又复杂的上午，我以不可思议的意志力，控制住了满腔怒火，笑着脸说没那意思，只是父亲与人打架受伤，要回去看一眼，只看一眼就立即回来上班。我真的是满脸堆笑，即便她根本无法看见。

唯一让我舒心的是妻子的理解，她宽慰我事情应该没有想象的那么严重，叮嘱我路上注意安全。"慢一点，心里就静了。"她送完女儿才回来，我听见了开门的声音。"砰"的一声，门又关了，接着我听见她说，"心里静了，事情就会顺起来。"

接下来的路程，我心里安静了许多。

下了高速公路，驶入国道；驶出国道，又进乡道。这条通往半山村的乡道，如一根细长而又充满韧劲的丝带，穿过树木的根部，贴着土地缠绕大山。半山村的人们，一次次盘旋着走向山外，又盘旋着回到山里。

不知从什么时候起，楼群彻底消失了，磅礴

熊猫的村庄　Panda village

的大山和茂盛的森林，流畅地从我的视野里闪过。路边那条奔腾的河流，时急时缓，偶尔可见斑嘴鸭和青头潜鸭在浅滩戏水。深蓝的天空里，那团酥松的白云，像极了一朵盛开的珙桐花。我在一个山口停了下来，在湖边的草地坐了半个小时。这是一个天然湖泊，像是椭圆形，又像是六边形。微风拂过，湖面荡起粼粼波光。

坐在草地里，我的思绪一下就回到了半山村，扎进那些旧时光，就像小时候一个猛子扎进河里。记忆在脑海里翻腾，过往的人和事，都鲜活起来。最终，与熊猫相遇的情景，穿越几十年时空，成为这个秋日里最温暖的记忆。

一时间，我想不起那年自己到底是几岁。一会儿觉得应该是七岁，一会儿又感觉是八岁。用了五六分钟，我最终确定是八岁。那是我第一次遇见熊猫，也是迄今为止唯一一次。就在半山村里，就在我家门口的小河边。

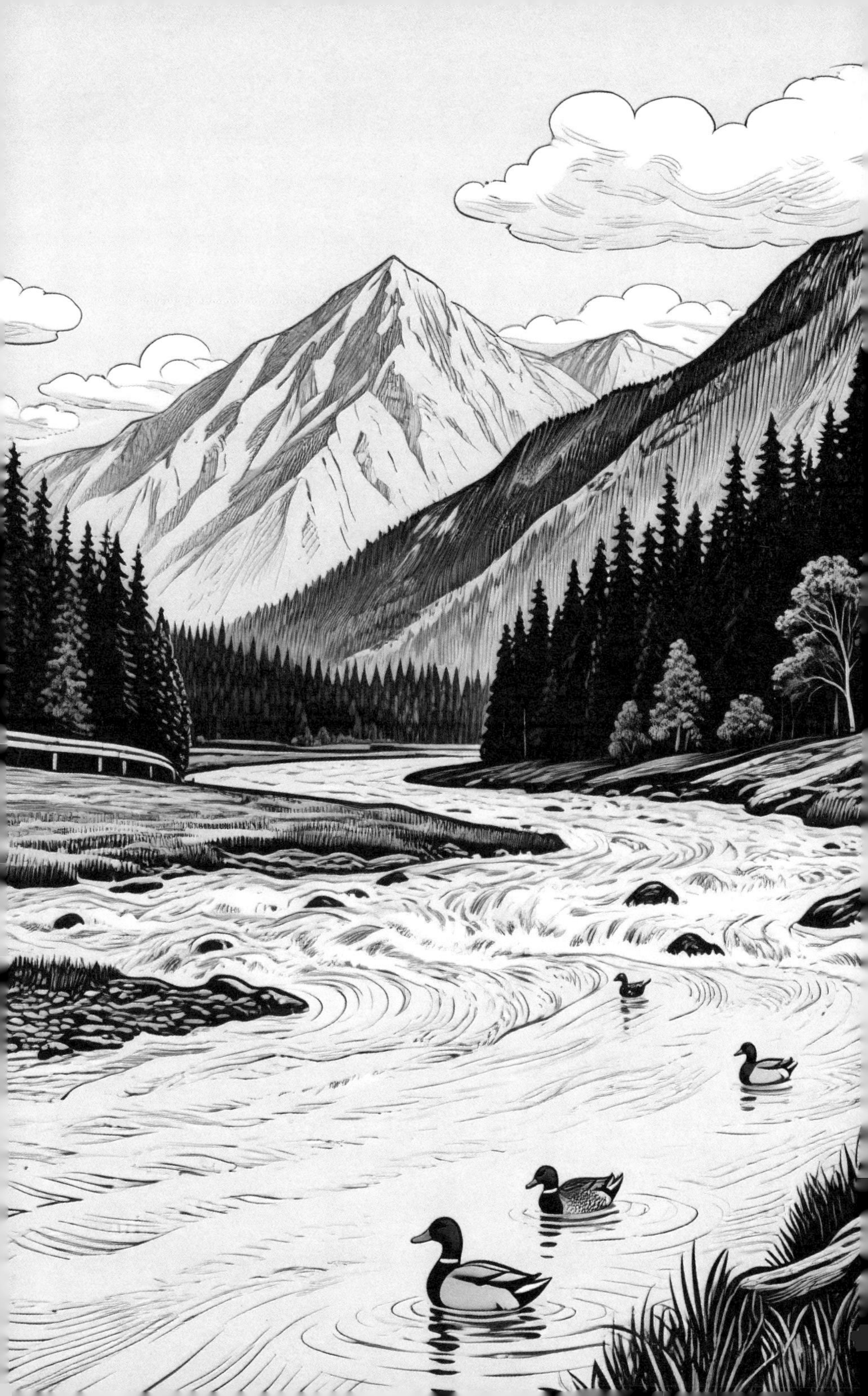

八岁那年的半山村,雪下得比任何一年都早、都大,还没进入冬天,在某天早晨醒来,山村就被积雪完整地覆盖了。院子外面那条河,淙淙流水被冰封了。河对岸的连香树,厚厚的积雪把树枝压弯了。五六只白喉噪鹛,在雪垛间飞来飞去,溅起绿豆般大的雪粒。阳光照耀下,飞落的雪粒折射出五彩斑斓的光。

寒假里的一天,我和黎小甜在河边玩耍。

黎小甜是黎叔的女儿,从小乖巧伶俐,长大后又成为父亲揶揄我的对象。在父亲眼里,我是样样不如黎小甜。随着年岁的增长,村子里有人开玩笑,说我和黎小甜形影不离,干脆定个娃娃亲,早点把人生大事定下来。没料到,父亲一本正经地向人解释,无论哪一点,我都配不上黎小甜。人家一句玩笑,父亲却是当了真。他板着脸摇头的样子,永远地刻印在我的记忆深处,现在想来好气又好笑。

我还记得,那是一个阳光明媚的上午。天空里的红日,倒映在冰封的河面。我和黎小甜沿着河边,捧着积雪相互追逐,脚下发出"咕叽咕叽"的声响。她总是偷袭我,趁我不注意时向我砸来一捧雪。我哪能认真地还击,只是象征性地朝她丢一小块雪。她便在前面得意地奔跑,发出银铃般的笑声。

突然间,黎小甜停了下来,像一尊雕像伫立在雪地里。阳光被树叶剪碎,在她的黑色棉衣上开出细碎的花朵。头顶的树枝上,白喉噪鹛爪子带起的雪粒,一粒粒落在她的红色围巾上。当我快要追上她时,心里还嘀咕着,她在玩什么把戏。正想着,她蓦然转身朝我扑来,差点跌倒在我脚边。她指了指身后,说:"你看那是什么?"

"那不是'闹山王[①]'嘛,而且在树枝上。"我以为她说的是白喉噪鹛。

---

① 雅安宝兴对白喉噪鹛的俗称。

"不是呀。你看山坡上,那是熊猫吧?"黎小甜转过身,望着不远处的雪地。

我向前一步,踮起脚尖,伸长脖子,果然看见了一只熊猫。

在一个几米高的小土坡上,那只熊猫像是蹲着又像是躺着,远远地望着我们。黑白色的身体,与雪地融为一体,右前掌里抓着一根树枝。我既纳闷又兴奋,从我生下来那天起,还没看见过熊猫。我的爷爷奶奶、爸爸妈妈,也从未说起熊猫来到村子的事。半山村里的几百口人,都没有听说有人见过熊猫呀。

我又向前走了几步,朝那只熊猫挥了挥手,它没回应。耳朵没有动,眼睛没有眨,嘴巴里也没有像人那样呼出冒着白烟的热气。我怀疑自己看错了,或者出现了某种幻觉。可是,黎小甜也认为那是一只熊猫,不会两个人同时出现幻觉吧。我拉着黎小甜继续向前走,现在距离近了,看得更清楚了。我确定那就是一只真正的熊猫，圆脑袋、黑耳朵、黑眼圈，安静地趴在雪地里。

长大后，我才知道，天气寒冷时，有的熊猫会往海拔低的地方迁徙，寻求更好的生活。

我飞奔回家，把熊猫来到村子的事告诉了父亲。父亲以为我撒谎，一脸狐疑地瞪着我，"一直在山上生活的熊猫搬家了，看上我们这个村了"？但是，父亲相信黎小甜。看到黎小甜木讷地点头后，父亲一下就兴奋起来，招呼着母亲准备一些食物，招待这位传说中的贵客。

十多分钟后，父亲端着一盆热气腾腾的米糊糊，热情洋溢地朝冰天雪地里的那只熊猫走去。在我的记忆中，父亲从未像给熊猫送食物时那样身手矫健，动作敏捷。

"靠山吃山靠水吃水，这个永远都不会错。关键在于，我们怎么靠。"

PART 03 一场误会

Part 03 一场误会

父亲坐在院子的角落里,仿佛一直在等我出现。不过,当我推开院门走进去时,他没与我说话,甚至当我说出"我回来了"后,还故意掉转脑袋,看着斑驳的院墙。年久失修的院墙,砖块间的水泥开始脱落,像一道道结痂的伤疤。我假装自然地看着他,实则在搜寻手腕上的那个血印。深秋时节,山里天气很凉。父亲穿着深蓝色长袖衣服,手腕被遮住了。我什么都没看见,心里夹杂着庆幸与疑虑。莫非母亲骗我,她只是想我回来一趟?

母亲从屋内出来,她没与我说话,倒是朝着

父亲嘟哝一句："儿子回来了,你怎么还臭着一张老脸?"然后,她又转身朝厨房走去,"晓得你还没吃饭,我给你煮一碗。煎蛋面啊,你最喜欢吃的。"

"要得。"我说,把背包放在台阶上的小木桌上。

父亲起身,穿过院子迈过台阶,默然地回到屋内。与我擦肩而过时,我能感受到他的怒气。他坐在椅子上,板着脸,不说话。我在几个房间里走来走去,浑身不自在,宛若初来乍到的陌生人。但是,我一直在思考如何与父亲续上话题,毕竟还要赶着回去上班。如果三分钟能把事情解决,我马上启程返回成都。只是,当我吃完那碗煎蛋面喝完最后一口汤,都没想出一个好的由头。

"你们怎么就打起来了啊?"我看着父亲,眼神无法躲闪也不能躲闪,"我看一下你的手,伤得到底重不重。"

父亲有些抵触，右手往后一缩，但拗不过身旁的母亲。她说："儿子可是专门为这个事回来的。"

"看嘛。"父亲猛地挽起袖子，把手伸到我面前。

的确有个血印，的确就在血管上。

"我去找刘自强，这太过分了。有什么事不能好好说呀，非要动手打人。"我把碗一推，一下蹦起来，几大步穿过院子，把院门摔得"哐当"一声。

父亲"嘿"了一声，像是想交代什么。但是，我根本没理会。

"好好说话呀，你不要又吵起来了，打起来了。"母亲的话，在我身后随风飘荡。

刘自强离我家不远，隔着一个小山头。就算是崎岖的山路，步行也不过十来分钟。小时候，我与刘自强的儿子刘小虎玩耍，站在山头喊一嗓子，那个虎头虎脑的小子就到山顶来了。如果他

熊猫的村庄 *Panda village*

主动来找我,同样站在山头喊一嗓子就行了。好多年没见了,不知道刘小虎是不是还那般虎头虎脑。如果我没记错,他比我大两岁。

这条无数次走过的路,如今变瘦了。人那么高的杂草,从路两边向着对面生长,很多地方都已交叉,形成一道绿色的障碍。潮湿的泥土,清香的杂草,以及偶尔横在前面的蛛网,让心情复杂的我,心头涌起一股躁动。我弓着腰、憋着气,一口气跑到山头,额头和脸颊都沾满蛛网,黏糊糊的,特别难受。那块椭圆形石头还在,只是上面长满了青苔;那棵老榕树还在,只是树干有些苍老。

刘自强这个人,在半山村人的记忆中,从小就不是个善茬儿,更何况现在当了官,是一村之长。为了更好地为父亲讨回公道,我绕着老榕树,徘徊了好几圈,尽量让自己平静下来,想以更清晰的思路应对。出门前母亲那句叮嘱,始终在脑

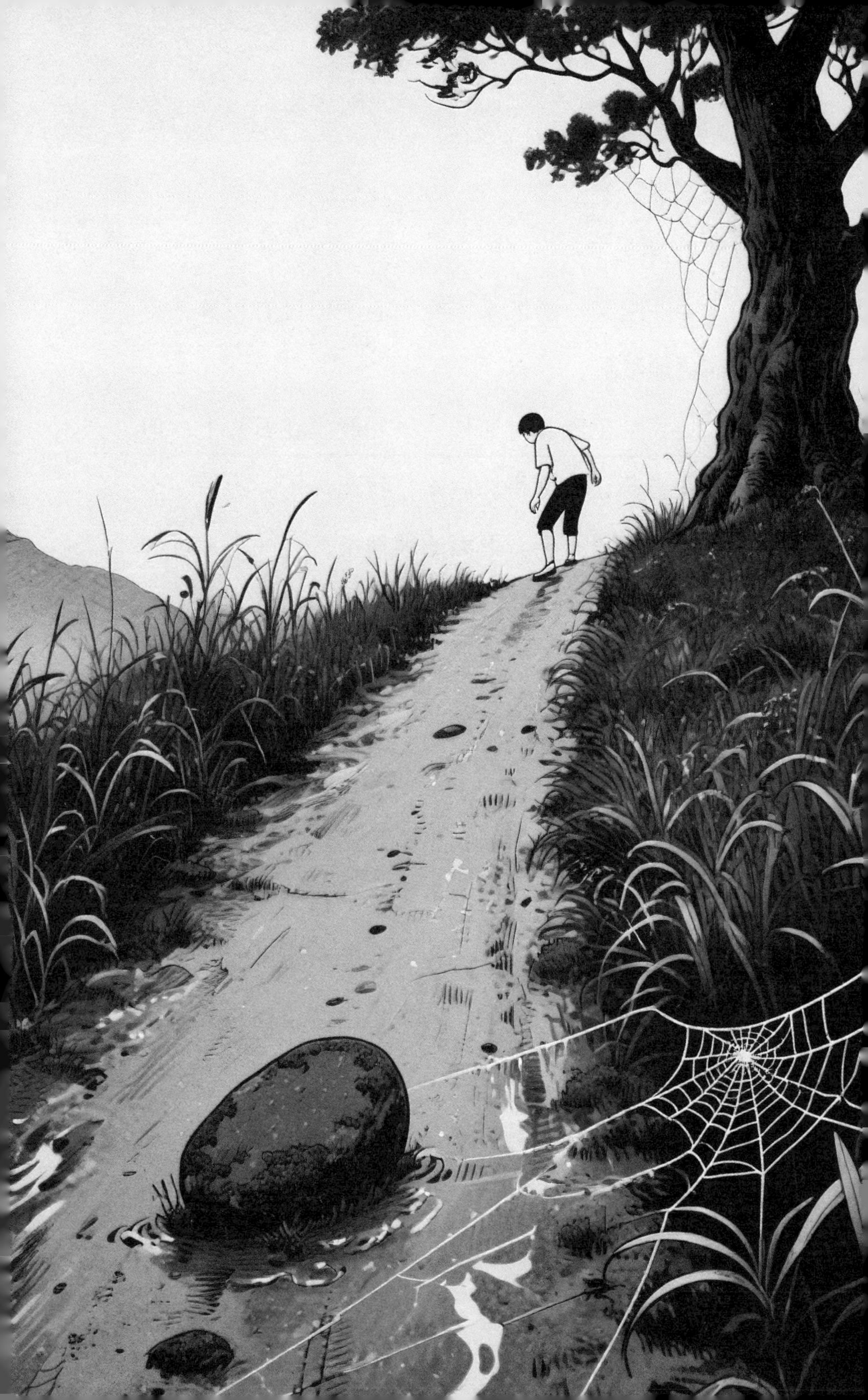

海里萦绕。

一圈又一圈下来，我内心不但没有平静，反而更加烦乱。

我希望像儿时那样，一屁股坐在石头上，但那些青苔让我生畏。后来，我选择了旁边的一个草坪，盘腿而坐。下面的坡地上，有一小片珙桐树林，上面挂满了果子。我双手后移撑在草地上，仰望着天空。天空很蓝很远，仿佛是倒挂着的大海。白云一团挨着一团，优哉游哉地在悠远的天空游动。

大约一刻钟后，我想清楚了，不再暴躁了，也知道该如何与很久没有见面的村主任交涉了。在成都生活这么多年，在各个城市走南闯北，我明白鲁莽是行不通的，凡事得讲个道理。父亲与刘自强到底为什么打架，到底是谁先动手，得当面问清楚。我不惧怕刘自强，但也不能只听父亲一面之词。

我站起来，信步朝山下走去。路过珙桐树林时，我顺手摸了一下树干。裂开的褐色树皮，有几片沾在我的手掌上。用不了几分钟，我就可以到达刘自强家。那个白色的院子，据说是一年前才新建的。三层楼的房子，白色墙砖，青色瓦片，恬静、雅致。房前屋后，树木葱茏，院墙上蜿蜒的藤蔓盛开着粉色的花朵。

半山村有很多植物，秋天时开花。花期虽短，但花朵娇艳。那些花开得突然，谢得果断，在一个极短的时间里尽情地绽放。

我脚步轻盈，感觉像是生出了一对翅膀，向着山下滑行。没多久，我听见几声犬吠。刘自强家这条狗应该很壮很烈，要不然叫声怎么会如此凶猛？我们这个村子，家家户户都养狗。我们家那条老黄狗，前不久才去世。有一次，母亲在电话里说起，正准备再养一条小狗。

"小山，你回来了？"我还没有走到院子前，一个声音便传了过来。"小山"这个称呼，属于半山村。在半山村外，我的名字叫"林山"。我抬头一望，正是此行要直接面对的刘自强。他站在院子外的转角处，一只手撑在墙壁上，身体和眼神都是倾斜的。

"强叔好。"我扬起手臂打招呼，跨过一个石头台阶，来到刘自强面前。此刻，我们相聚不过一米。好几年不见，他老了，曾经魁梧的身材萎缩了不少。头发依然茂盛，但一撮倔强的白发，直直地从鬓角伸出来。

"你找我有事吗？"刘自强一边说，一边把我往里迎。但是，我定定地站着，没动。

"强叔，明人不说暗话，我就直接说吧。到底搬不搬家，这个要看政策配套，以及后续规划。现在，我们不谈这个。"我敷衍的笑容沉下来，"其实，我来是想问，你为啥要打我爸？"

刘自强一愣，忙不迭地否认。紧接着，他又

立即追问我为什么这么说。我只好如实相告，母亲说他们打架了，而且自己也看见父亲手腕上有个血印子。我听到的和看见的，都明确地说明一个事实，父亲和刘自强打了一架，而且父亲受伤了。

"小山啊，我怎么会打人呢？误会啦，天大的误会啦。"刘自强脸色一沉，转瞬又差点笑出声来，"早上你爸又找我说搬迁这事儿时，我本来想拉一下他的手，让他进来喝口茶慢慢说。他奋力一甩，我的指甲在他手腕那里划了一下。他就吼起来，说村主任打人了。然后，他就气冲冲地走了，一路上都在说村主任打人了。"

我不太相信事情就这么简单，而且是父亲无理取闹。但是，刘自强立即手指天空，说愿意对天发誓，自己绝对没打人。我一下就懵了，反而觉得有些理亏，自责自己太冲动，没有弄清事实便前来兴师问罪。

"小山啊，你是读书人，应该懂道理的。"

刘自强的手缓缓落下，转而自嘲道，"如果几十年前，你说我动手打人可以理解，毕竟我这个脾气你知道。现在，我作为一个村主任，哪会动不动就打人呢？那像什么话呀？"

我呆呆地站着，一时语塞，不知道接下来该说什么。来时的路上打的那些腹稿，准备的那些说词，此刻全部消失得无影无踪。刘自强大概看出了我的尴尬，忙把我拉进院子里。我半推半就，踉踉跄跄地跟着往前走。

院子很干净，台阶上桌椅摆放整齐。我没有进屋，主动在椅子上坐了下来。蜷缩在椅子里，我怦怦直跳的心里，略微平静一点。此刻，太阳正在向西移动，阳光斜着落下来，在水泥地上画出神秘莫测的图案。我环顾一圈，并未发现刘小虎在家生活的印迹。

"小山啊，没想到弄出这么大个误会。之所以产生误会，还不是因为搬迁这个事儿嘛。"刘自强隔着桌子坐下来，一并招呼我喝茶，"你应该清楚，现在我们这里是国家公园的一部分了，需要乡里乡亲搬个家，到山脚下生活。很多人不愿意，包括你爸。"

我喝了一口茶，山里自制的茶，很淡，很香。我抿了一下嘴，嘴唇翕动几下，但没接话。

"我挨家挨户地讲解政策，每家每户敲门找他们谈心。可是，有些人就是不来气。不是我说啊，你爸就是那个不来气的人。"刘自强挪动了一下椅子，想与我靠近点，但实质上又没有缩短距离。他端起茶杯，喝了一大口，接着说，"这个事情啊，后来就有些不愉快了。大家以为我当了村主任，就不为乡里乡亲说话了。其实呀，根本不是这么回事嘛。首先，我从来没拿这个村主任当个官；其次，政府也是为咱老百姓好嘛。我作为村主任，只是想把政府制定的好政策传达下来，执行下去。"

"熊猫需要我们所有人保护，给熊猫让个路，腾个地方，是应该的。"不知道为什么，我竟然有些结巴了，"不过，我也不清楚具体的政策怎么样。强叔啊，你给我说一下吧，我也摸一下政策的底。"

"小山，你是明白事理的人。"刘自强"嗯"了一声，突然陷入沉默。他又挪了挪椅子，还是没挪动。过了半晌，他又才断断续续地说，"政策呀？我觉得政策好得很。其一，半山村所有老百姓，在山上的房子有多大，搬到山脚下后都能分到一样大的房子。其二，除此之外，每家每户按人头算，每个人还能获得一大笔安置费。"

刘自强给我详细地讲解了政策，细致到安置方式、安置费数额以及搬迁流程。然后，他又对我讲利弊、谈未来。在他看来，世世代代生活在半山村的老百姓，终于等到了过上幸福生活的最佳时机。他说，现在的半山村山高路远实在太偏僻，进出都不方便。他说，现在的半山村里大多数都是老人，零零散散地在山里连个照应的人都没有。他说，搬到山脚下后地势更宽了，交通更方便了。他说，搬到山脚下后实行社区管理制度，有配套的医疗、教育，以及各种活动中心。

听着刘自强的娓娓讲述，我很感慨。离开半山村后，我一直在外漂泊，对山里的父母很不放心，但又无可奈何。一方面，我在成都的家很小，两位老人根本住不下。另一方面，我的经济收入，也不足以在城里给他们提供更好的生活。虽然我时常会回来看望他们，但也都来去匆匆，像是履行某个义务。

在我思想开小差时，刘自强依然在向我讲解和分析。只是，他变换了声调，突然激情高涨，像一个面对万千观众的演说家。他说，不是说我们搬个家，给熊猫腾出个地方，就是我们吃了亏。我们换个地方，又是另外一种生活嘛。古人都说，穷则变，变则通嘛。

刘自强踱着步子,身影在院子里绕来绕去。后来,他在一个角落停下来,远远地看着我:"我们这代人,我们上一代人,往上数很多代人,都生活在这半山腰的村子里,靠着山林和土地生活。说实话,日子还是辛苦。将来好啦,我们搬到山脚下,开民宿,开饭店,卖旅游产品,迎接八方来客。你说那多好呀,是不是?"

"是。"我点点头,身体离开椅子,来到台阶边缘,"我们不能总是靠这些山,这些树。"

"还是靠这些山,这些树。因为这些山这些树,因为山里的熊猫,大家才到我们这里旅游。"刘自强向我走来,"靠山吃山靠水吃水,这个永远都不会错。关键在于,我们怎么靠。你知道吗?小虎都要回来做旅游了。"

"小虎都要回来,大家一定会相信这个政策是好的。"我迎着天边的夕阳,跳下台阶来到院子里,"你们家带头,这个事情就好办了。"

"我想与大家一起，好好运用这片土地和这些山水，在保护熊猫的同时又沾点熊猫的光，把日子过得更好。"刘自强说得很笃定，但很快语气又微弱下来，"你回去给你爸做下思想工作，让他同意搬到山脚下吧，算是帮强叔一下。"

政府的配套政策、未来规划，以及搬到山脚下对改善生活有帮助，这些都决定了我愿意做父亲的思想工作。只是，我不觉得是在帮刘自强，因为搬迁本身就是一个好的选择。

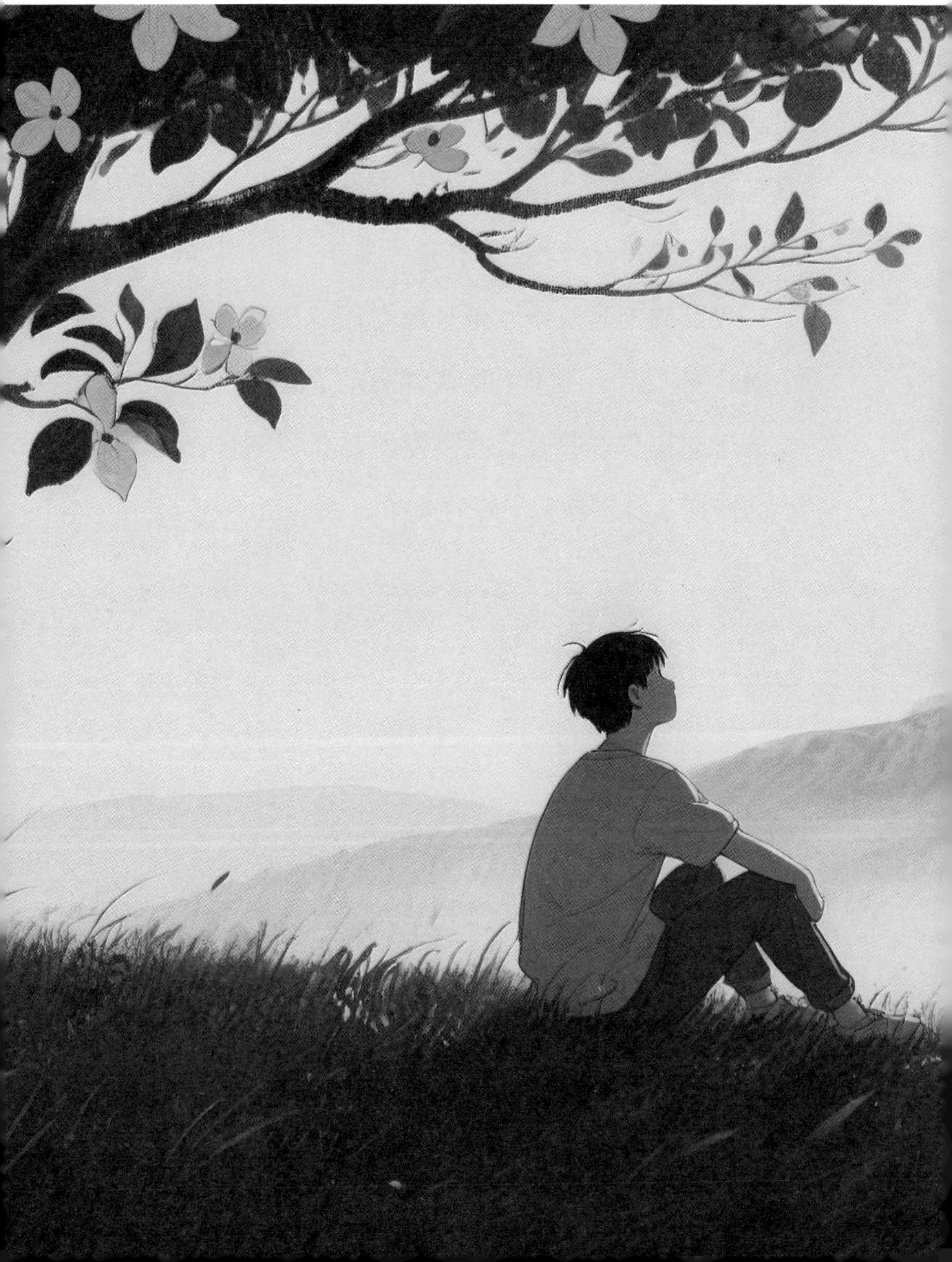

PART 04 特别的夜晚

在山顶，我又在草坪坐下，看着夕阳缓缓落下，看着暮色慢慢升起。山风吹过，珙桐树的枝丫，在霞光和雾霭交织出的画面里摇摇晃晃。天空变成淡蓝色，繁星与圆月镶嵌在一起，如梦如幻。

回去的路上,我的脚步有些沉重。

父亲没给母亲说实话,母亲又把父亲的谎言传给了我。我又压根儿没有深入了解,就贸然前去质问刘自强,闹出一个乌龙来。我陷入了情绪的旋涡,把一切都搞得乱糟糟的。不过,当我从刘自强那里把搬迁政策弄清楚后,心里又略感欣慰。我想起妻子的话,告诉自己冷静点,于是放慢了脚步。

在山顶,我又在草坪坐下,看着夕阳缓缓落下,看着暮色慢慢升起。山风吹过,珙桐树的枝丫,在霞光和雾霭交织出的画面里摇摇晃晃。

天空变成淡蓝色,繁星与圆月镶嵌在一起,如梦如幻。这情景是我儿时最美的记忆,此时此刻,我却感觉不真实。离开半山村接近二十年,有些东西永存于心,有些东西又彻底消亡。人生一辈子,兜兜转转到底是为了什么?

一只斑尾榛鸡在几米之外的云杉树上扑腾,或许是我的到来打扰了它。我坐在地上,心里掠过一丝愧疚。云杉树摇晃着,传来"唰唰唰"的声音。我想还是走吧,我也该回家了。起身那一瞬间,那只斑尾榛鸡腾空而起,飞向苍茫的夜色。

走进院子里,我的目光透过半开着的大门,看见父亲和母亲端坐着。一个在正前方,一个在右侧面。桌子上的饭菜,热气已经散光。父母的身影拉得很长,一部分打在桌子上覆盖住了饭菜。当我推门而入时,母亲欠身,问情况怎么样。父亲把头扭向一边,盯着墙角。墙角里有个玩具,是女儿暑假回来时落下的,上面布满了灰尘。

我在母亲的对面坐下,拿起碗筷吃起来。饭菜有些凉了,但味道很好。这倒不是说母亲的厨艺有多精湛,而是味蕾的记忆是终生的。只要嗅到那股味道,就会唤醒曾经的美好。小时候,我们一家三口常这样坐着吃饭。

"你说呗,别光顾着吃。"母亲说着,拿起碗筷,但又立即放了下来。

"爸,强叔说他没有打人啊,你手上的印子是不小心划的。"我抹了一下嘴巴。我本来还想说,他一路嚷嚷村主任打人的事,但被我一巴掌抹掉了。

"你出门时,我本来说让你别去,可你一溜烟就跑了。"父亲的脑袋又扭回来,瞅着面前那碗米饭,"我有啥办法?"

"好吧,没打人就好。"只要父亲承认没打架没被欺负,我见好就收。转而,我又说,"明天,我去给强叔道个歉。"

"道歉？道啥歉？"父亲火气又来了，把饭碗往前一推，"他刘自强一天耀武扬威的，拿着个高音喇叭，在村子里东一嗓子西一嗓子，一副牛哄哄的样子。"

"别人东一嗓子西一嗓子，你这嗓门还不够高啊？不用高音喇叭，耳朵都被你震破了。"母亲既是在批评父亲又算是打圆场，"吃饭吧，没事就好。"

"人家是在宣讲好政策，动员大家搬家，那是工作。"我立即转移话题，至于道歉的事，我明天自己去便是。

"为什么一定要搬？不搬就不行了？"父亲抬起头，斜着眼睛瞪着我，"这么几辈人下来，熊猫在这里还不是生活得好好的。"

"一方面，熊猫的栖息地需要加强保护力度。另一方面，搬到山脚下是大好事。我在强叔那里了解了政策，我觉得很好呀。搬到山脚下，政府不但要给我们现在一样大的房子,还要给我们一大笔钱呢。"我直面父亲的眼神,希望用耐心打开他心中的那个结,"以后,那里就是旅游景区了,全国各地的游客都给我们送钱来。强叔给我说,小虎都要回来,开民宿,卖文创。"

"刘自强那张嘴,你还相信?"父亲的眼神,仿佛要喷出火来,"刘自强给你灌了什么迷魂汤,让你现在就跟变了个人一样?"

"什么迷魂汤都没灌,这是我自己的判断。爸,你可以不相信别人,但要相信我吧。"

"我哪个都不相信,我只相信自己。"

父亲撂下一句话,拂袖而去。他穿过房门,走进院子里;又推开院门,走进浓郁的夜色。

我起身来到门前,倚在门廊上,目光越过院墙飘向远方。夜风一阵阵吹过,起伏的群山暗影浮动。树叶发出的沙沙声,一波波传来,像一个性格温良的人,在柔声说着心事。我不知道父亲去了哪里,也没有出去寻找。话说回来,他又能去哪里呢?怎么都会在这山里。

母亲叹了口气,开始无声地收拾碗筷。

我回到里屋,和衣躺下。这个房间是特别为我准备的,我不在时,无人居住。山里潮湿,被子有些湿润了。我关掉灯,躺在一片漆黑之中,但毫无睡意。换成以往,只要我一回到半山村,整个人都会焕然一新,身心舒畅、睡眠深沉。我拿出手机,给王默发了个信息,关心了项目的情况,并承诺明天一早就启程返回成都,直接到公司上班。作为项目经理,我深知王默不容易。入职几年来,她一直也都非常支持我。

很快,王默回复"好的"。我把手机丢在一旁,尝试着好好睡一觉。片刻后,手机屏幕又亮起来,收到一条信息。我抓起来一看,王默又回复了两个字:呵呵。

山村的夜晚,没有汽车轮胎与地面的摩擦声,没有邻居小孩练习钢琴的音符声,更没有哪个人深夜里突发奇想的高声歌唱声。一切都很安静。除了风吹树响和虫子鸣叫,这间并不宽敞的房间里,就只剩下我急促的呼吸和咚咚的心跳声。

睡意仿佛故意与我作对,越是想入睡,越是睡不着。两个小时后,我的眼珠子依然骨碌碌地转着。我拿起手机又放下,放下又拿起。这个夜晚,除了与王默简单的对话,没人再给我打电话、发信息,我似乎也不关心别人。后来,我彻底关掉手机,闭着眼睛躺在夜色里。从那一刻起,我便如同一片树叶,随风在山谷间飘荡。从一座山到另一座山,找不到一个落点。

又过了大半个小时,我索性起身,来到院子里,把身体交给那把油漆有些剥落的椅子,交给冰凉的夜风,交给浓郁的夜色。天空太蓝了,星星太亮了。皎洁的月光洒下来,如山泉一般浸润着群山和树木。

门"吱呀"一声，接着是窸窸窣窣的脚步声。我没回头望，我知道来者是谁。

母亲搬了把椅子，挨着我坐下。我转身看了看她，她更瘦小了，像黑夜里的一道暗影。很长一段时间里，我们都没说话，就那么安静地坐着。但我明白，母亲有话对我说。

"你知道你爸为什么不愿意搬到山脚下吗？倒不是从山上到山下的问题，而且到了山下就没有土地了。"母亲轻轻一笑，声音飘荡着、摇晃着，"其实呀，他是稀罕这片山林和这片土地。而且，他还不是自己稀罕，而是为你着想。"

"与我有啥关系？"

"说起来，真是有些好笑。你爸曾经对我说，如果小山在城里过得不好，或者甚至是过不下去了，那就回半山村吧。半山村有山有水有土地，我们祖祖辈辈都活下来了，他回来也能过得好好的。"母亲"唉"了一声，又落寞地说，"你爸一直都知道,你在城里工作很累,生活很累。"

"嗨,是很累,但哪有他说的那么严重。"我故作轻松,但这句话的后半段,明显有些哽咽。紧接着,我这副早出晚归、熬夜奋战的身体,一下就垮在椅子里,如被雪打过的烂菜叶子。

"小山,你爸说得没错,如果在城里生活得不好,那就回来呗。"母亲又轻轻地笑起来,只是与先前不同,声调明快了许多,"你不是说了嘛,搞旅游,开民宿,哪样都可以赚钱。"

"嗯。"我吸了吸酸楚的鼻子,用假装咳嗽来调整情绪,"只要肯努力,日子都不会差。"

小时候，那些皓月当空繁星闪烁的夜晚，父亲用沙哑的嗓子，一次次唱着这首动人的歌。

PART 05 车到山前必有路

我没与父亲和母亲告别,光亮刚从远山的树枝冒出来,我就起身回成都了。朝霞之中,漫山遍野的彩林,色彩绚丽而又妩媚动人。秋风吹拂下,山林宛如一幅流动的油画。中途,我拐弯去了一趟刘自强家。在那个白色院子里,我郑重地向他道歉。他倒是敞亮,说根本不算事,用不着道歉。

当我转身钻进车里时,刘自强又一路小跑过来,一字一句地说:"小山,你可真的要劝劝你爸,搬到山脚下的事,不是小事哦。我干脆这么给你说吧,这是个大事,不是哪一家哪一户的事,也不光是我们这一代人的事,是家家户户的事,是子孙后代的事。"

"强叔你放心，政策我知道了，未来的规划我也明白了，我会好好劝我爸。"我发动汽车，"我回成都了，有事电话联系吧。"

返回的路上，我比回来时更加忐忑。昨天夜里，王默那句"呵呵"，冰冷刺骨。虽然她一向如此，每天脸上好像都能拧出水来，但我隐约觉得，我们的项目遇上麻烦了。不过，我忍着没有追问。就算真的遇到阻拦，我人在外面又帮不上忙，问来问去反而给她添堵。再说了，作为一个设计师，该做的事情我已经做完，剩下的就心有余而力不足了。

这样想着，我又轻松了点。上午十点，我又涌入这座城市的人潮。

停好车，我一路小跑进电梯，出电梯后又一头扎进逼仄而凌乱的办公室。推开门那一瞬间，我就嗅到了异样的味道。罗小斐抬头瞟了我一眼，又立即垂头盯着电脑屏幕。顾涛"唰"的一下站起来,似乎又觉得不能一惊一乍,马上又别扭地坐下。他的眼神在我身上停留几秒,又移向那间宽敞的办公室,眨巴了一下眼睛。那是王默的办公室,百叶窗一年三百六十五天都关着,里面充满神秘的气息。

"你要有心理准备。"顾涛嘀咕一句后,开始漫不经心地整理桌子上的资料。他把大大小小的纸,一张张放进盒子里,一副收拾家当逃难的样子。这个大多数时候不修边幅、顶着一头乱发,外卖咖啡杯可以在桌子上放一个星期的小伙子,怎么突然开始讲究起来了?

我给了顾涛一个询问详情的神色,但他没回应我。他要么没有领会我的意思,要么有苦难言。我回到位置上,刚把手中的包放下,电话就响了。

"过来下。"王默只说了三个字,命令的口气里又有种爱来不来的味道。

我放下电话，来不及揣摩她到底什么意思，只希望她能直截了当地告知详情，不再是以前那般阴阳怪气、冷嘲热讽。

"项目没了。"她瞪着我，眼珠子快要掉在桌子上了。

"具体是哪个环节出问题了？"我小心翼翼，不想看到她因为愤怒而失态。怎么说，她看上去都是个矜持中透着优雅的女人。

"我怎么知道啊？"

"那我们开个会，分析总结一下吧。"

"都没了，还分析什么？"

"总结一下总是好的，下一次就有经验了。"

"下一次？你说下一次？"

"对呀，我们总要做新项目。"

"你说你回老家干什么？"王默突然爆发，两只紧握的拳头砸在桌子上，玻璃杯子与桌面碰撞出"咯咯咯"的声响。但是，这还没完，她肆无忌惮地吞了吞口水，吼起来，"你说走就走，撂下挑子就不管了。在最关键的时候，我要商量对策都找不到人。你知道吗？在那个节骨眼上，我很孤独，很无助。"

一瞬间，我心里泛起一丝歉意。但是，歉意转瞬即逝，取而代之的是满腹委屈。

"你不知道我连续加班四天了吗？你不知道这四天里我最早都是凌晨两点才下班吗？我灯火通明地熬时，你在哪里？"我上前一步，靠在桌子边缘，与她短兵相接，"我已经做了我该做的，而且做得不差。项目最终是什么结局，与我有多大关系？我有那么重要吗？我告诉你，没有。"

我原本还有很多话要说，但王默满眼的泪水，冲走了我心底的咆哮。硕大的泪滴，倔强而又鲁莽地掉在桌子上，在桌面形成一滩滩污迹。她呜呜地哭起来，边哭边抹脸上的泪痕。那一刻，她单薄的身体显得如此脆弱，好像我说话的声音再大一点，都会把她震得稀碎。我拳头紧握，屏住呼吸，把暴躁的情绪强压在心里。

面对两败俱伤，我有些漠然，有些不知所措。事实上，我还有些懊恼，觉得不该如此对她。我应该再耐心点，强调父亲与人打架受伤，自己急着回去处理家务事。或许，这样能唤起她的同情心，不至于闹到这般地步。

半晌，我转身退了出去，门轻轻打开又缓缓合上。顾涛和罗小斐伸着长长的脖子，满眼惶恐又充满期待地望着我。我明白他们想要一个答案，但我给不出什么。我瘫坐在椅子上，脑袋垂在靠背上，有种获得胜利的窃喜，又有种面对败逃的悲凉。慢慢地，悲凉开始蔓延，直到窃喜被淹没。二十分钟后，当我接到降职降薪的通知后，悲凉又演变成了排山倒海的绝望。

我没找王默理论，平静地接受了这个结果。

顾涛给我点了一杯咖啡，沉默地放在我面前，又沉默地走开。罗小斐也消停了，平时快乐得像只麻雀的她，此刻趴在桌子上，如一朵枯萎的残花。我捏着咖啡杯来到阳台上，望着楼下来来往往的人群，咕咚几口把咖啡喝了个精光。

接下来的一段时间，我按时上班下班，有工作就做，没有就发呆。一天晚上，妻子和女儿蓦然问道：你最近怎么不加班了？我笑笑说，刚完成一个重大项目，可以休息很久了。女儿拍手称快，并积极安排了周末的郊游。她撇了撇嘴："你很久没有陪我和妈妈了。"

我点头赔笑，承诺要把错失的时光补回来。妻子苦笑着，不知道她是否看穿了我的心思，知道了我的处境。不过，我不会主动提及。我从不把工作中的烦恼和痛苦带给家人，哪怕自己在一个个死寂的夜里，是如此需要慰藉。

说起来，我自己都难以置信，在那些荒芜的时间里，我居然买了一些熊猫方面的书籍。作为

熊猫的村庄　*Panda village*

一个出生后便与熊猫生活在同一个地方的人，其实我对熊猫的了解知之甚少。除了八岁那年与熊猫的相遇，就是那首《熊猫咪咪》了。小时候，那些皓月当空繁星闪烁的夜晚，父亲用沙哑的嗓子，一次次唱着这首动人的歌。每次唱完，他都会给我讲竹子开花那段悲怆的故事，以及当年为熊猫捐款捐物的事。几十年前的往事，早已消失在漫长的岁月里。而今，当我在一本书里看到相关文字时，那些在院子里听父亲娓娓道来的夜晚，又浮上心头。

日子就这么过着，晃晃悠悠地过着。几个星期，一个月，一晃就过去了。

我的事情，终究还是瞒不过妻子。一天夜里，她潜入我的卧室，轻缓地在我身边躺下。虽然我没有往日那般加班忙碌，但分房而睡的习惯却保持了下来。我们不着边际地聊了会儿，女儿的学习，小区邻居间的争吵，某条街道上的离奇车祸。

绕来绕去，好几分钟后，她翻了个身，一只手挽住我的胳膊，问道："最近工作不太好，是不是？"

"一天不如一天。"我说得隐晦，实在没勇气说出降职降薪的事实。

"将来怎么办，你心里有没有什么打算？"问完，没等我开口，她又开始安慰我，"我们也不必太担心，车到山前必有路。"

"大不了，换个活法。"我翻身起来，靠在床头。

"树挪死人挪活，是这么个道理。"妻子靠在我身上，"你已经有新的打算了，是吧？"

"我给你说个事，这段时间我看了一些书，关于熊猫的。我从中悟出一个道理，熊猫几百万年没有灭绝，有一个秘诀在于它们太懂得适应环境了。生存环境变了，它们就跟着改变，改变所吃的食物，改变生活的地方。反观那些不懂得改变的动物，最终都灭绝了。"

"适者生存嘛，熊猫是聪明的。"

"我们那个村子,要整体迁到山脚下,山上以后都留给熊猫了。当然,政府会给每家每户在山脚下分一套房子,额外再给一笔安置费。那人们以后怎么生活呢?村主任告诉我,新建的地方会把熊猫文化和自然风光结合,搞旅游。简单来说,就是文旅融合,乡村振兴。"

"你是想回老家生活了吗?"

"你刚才不是说树挪死人挪活嘛,我们那个小山村,挪个位置说不定能发展得很好。村子里发展好起来了,我回去开个民宿,做点生意,应该也不错。"

"女儿怎么办呢?她也跟着我们回去吗?"

"我暂时还没想那么多,不过,只要生活好起来了,都好办。"

妻子叹息着,没接话。淡淡的夜色里,飘荡着对未来的不确定。这种惶惑不安,我感同身受。自从降职降薪后,我全身上下每时每刻都充斥着不安和恐惧。可是，我又必须笃定地相信未来。妻子需要我笃定，女儿需要我笃定。我寻思着，在漫长的几百万年里，熊猫的每一次改变，它们自己都是相信能够活下来的。

"这只是我这段时间的想法，没有完全定下来。这不是小事，我肯定会与你一起商量着办。"我伸了伸腰，宽慰道，"不早了，睡吧。"

我躺下，闭着眼睛很长时间没有睡着。我发现，妻子也没有睡着。我们就那么并排躺着，就像都睡着了一样。

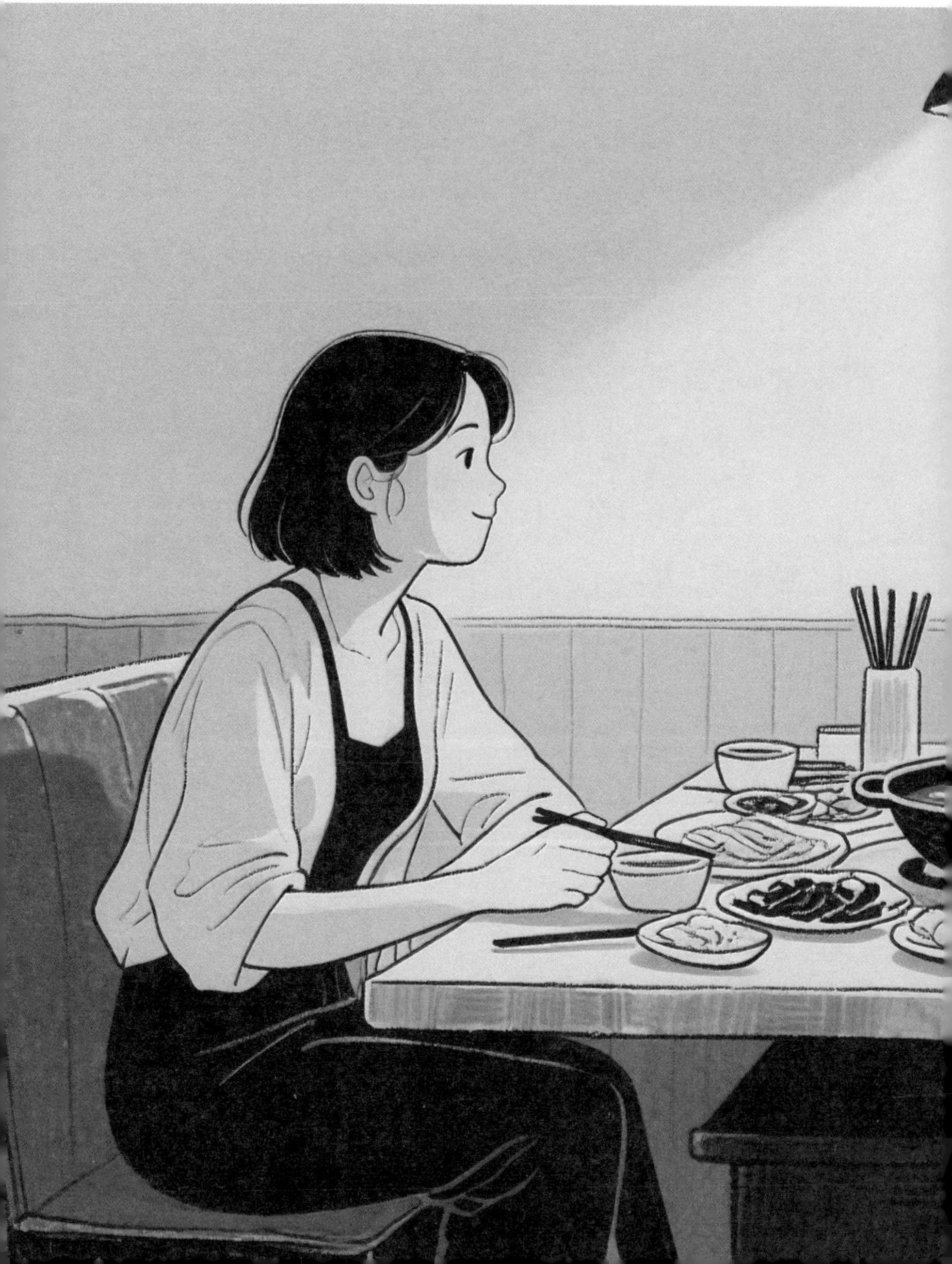

PART 06 犹豫

"人生就是追梦。既然如此,在哪里追梦都是追,实现梦想就好。"

Part 06 犹豫

我一直与刘自强保持着联系,几乎每隔两三天就会通一次电话。从山里传来的声音,带着一股子干燥和冰冷。通过断断续续的交流,我得知了很多信息。半山村能否整体搬迁,需要征得每一个人同意,有一个人反对都不行。刘自强依然耐心地讲解政策,一如既往地为大家讲述未来的生活。每一次,他都会强调:"小虎将来都会回来。"

村子里的人,开了无数次碰头会。几个月下来,那些不想离开的人,逐渐认同了政策,慢慢对未来充满期待,愿意迁到山脚下生活。但是,有一个人除外,那就是我的父亲。每一次与刘自强通话,我都会在电话里听到叹息。

　　父亲的顾忌,上次回家时,母亲已经告诉我。

　　我与父亲又打了两次电话,每次都长达半个小时。印象中,成年以后,我们从未如此长时间地交流过。两次沟通,都是无效的。父亲怎么都不同意搬迁,他说自己习惯了山林,他说自己对山谷与河流有感情,他说自己一把老骨头了,不想折腾。我拗不过了,只好掏心窝子了,我说:"爸,我知道你为什么不想搬迁。"

　　"你又不是我肚子里的蛔虫,你晓得啥呀?"父亲应该在树林里,听筒里有树叶沙沙的声响,有金额雀鹛的叫声。

　　"其实,上次回来时,妈都给我说了。"

　　"她这个人,怎么什么都说啊?"

　　"我理解你,但实话实说,你又有点过分担心了。这年月,只要肯努力,怎么都有口饭吃。"

　　"你是不是觉得我老土了?"父亲沉吟良久,

才又咕哝着,"我这辈子是饿过饭的,你懂吗?"

"爸,我晓得,你以前给我说过。"我鼻子一酸,一颗眼泪掉下来,"但是,时代不一样了,饿饭的日子一去不复返了。"

父亲沉默了。

一阵风刮过,我的耳朵里响起了"哗哗啦啦"的声音。我不知道还要说些什么,只得安静地听着山林里的响声。那好像是多种乐器共同谱写的乐章,时而舒缓时而激越。那个秋风萧瑟的下午,父亲对我说的最后一句话是:"我再考虑一下,考虑好了给你打电话。"

但是,父亲的电话迟迟没有打来。

在等待父亲打电话期间,我与刘小虎和黎小甜见了一面。他们都在成都,只是离开半山村后,我们三人从未在这个城市相见过。小时候,我有两个朋友,一个是刘小虎,一个是黎小甜。不过,刘小虎和黎小甜,在过去来往并不多。

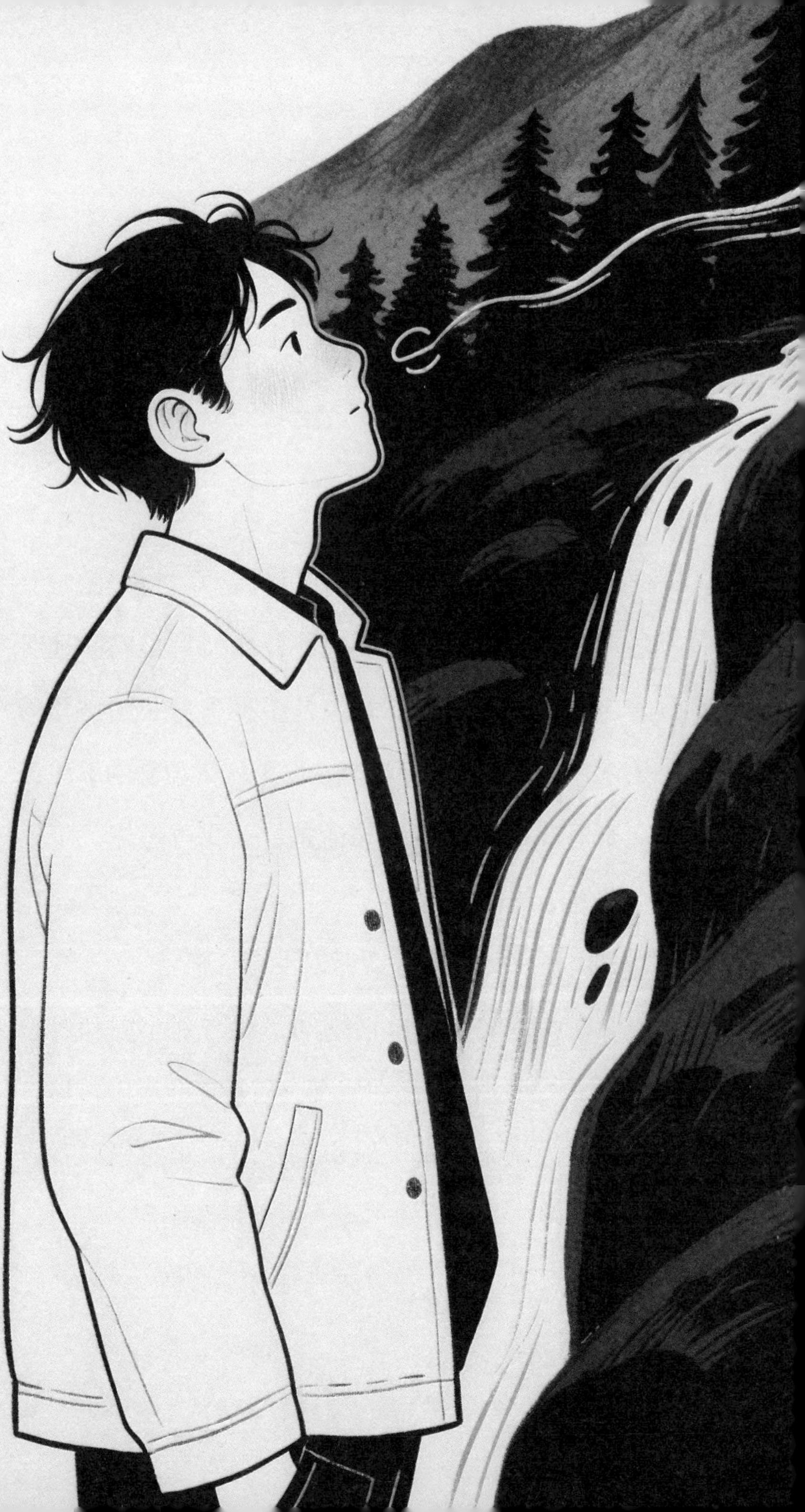

我们约在三圣乡一个音乐火锅店。所谓音乐火锅，火锅还是那样的火锅，但有乐队现场演唱，氛围就不一样了。在满大街都是火锅店的成都，这家店因为加入了乐队演出，便显得格外耀眼。无论哪一天，从下午四点就开始排起的长队，是这家火锅店最亮的名片。

两个小时里，我们三人聊了过去的往事，谈了现在的生活。

刘小虎在一个实力雄厚的企业，由普通员工做起，现在已经当上部门经理。妻子原本在一个幼儿园当老师，后来辞职全心照顾孩子。按他的话说，日子过得有些小滋润。

黎小甜前十年的发展路径，与刘小虎大致相同。在一个大企业，兢兢业业地工作，终于当上了部门领导。但是，后来她辞职创业了，现在公司拥有员工上百人，每年产值上千万。不过，她目前还单身。"没有精力谈恋爱。"昏黄的灯光下，柔情的音乐里,她略带苦涩地笑了笑,"未来的事,看缘分了。缘分到了,挡不住。缘分不来,求不得。"

我说了自己的工作单位与生活状况,但隐藏了降职降薪这个残酷的事实。一段时间过后,尽管我已尽力调整好了心态,可这事儿依然令人尴尬和沮丧。聚会的后半段,我找了一个时机,聊起了半山村搬迁的事。他们一愣,相互看了一眼,又齐刷刷地看着我。两人异口同声地说:"你怎么突然说起这个了?"

"随便说说,没别的意思。"我讪讪笑着,盯着刘小虎,"我听强叔说,等搬到山脚下后,你准备回去搞旅游。"

"我听我爸说了,你爸不愿意搬迁。我们村里,只有你爸一个人不愿意了。先说搬迁这件事吧,我个人觉得是件好事情,现在注重生态保护嘛,熊猫又是国宝,更需要保护。"刘小虎不断地搓手,仿佛在寻找更好的表达方式。停顿了一阵,他又补充说,"坦白讲,我自己没有特别想回去,觉得现在的生活挺好的。我爸倒是给我说过好几次,我也随口答应了,但又没有真正下定决心。"

"他给我说,你要回去。"

"也许他只是单纯地想我回去,人嘛,老了总希望子女在身边;也许他觉得村子里将来搞文旅确实很好,我回去会生活得更好。"

"他是不是在打感情牌,故意传递一种信号?"我想起父亲的话,支吾着,"村主任的孩子都要回来,希望大家对未来有信心。"

"不会的,不会的。"刘小虎举起双手,阻止了我的想法,"我爸这个人,没有这样的花花肠子。"

"小甜呢?"我转头问道,"你认为搞旅游,这事儿靠谱吗?"

"首先,我认为大家搬出来,把国家公园建设好,这个百分之百是正确的。其次,我认为旅游前途光明,而且我们那里有山有水有熊猫,未来的前景一定会很好。"刚才聊天还柔声细语的黎小甜,猛然提高声调,像是在做一场演讲,"但是,目前我没有回去的想法。你们都知道,我有自己的企业,那么大一个摊子,不能说丢就丢。而且,人生就是追梦。既然如此,在哪里追梦都是追,实现梦想就好。"

我和刘小虎,频频点头。

"你呢?"刘小虎突然问我,"想回去了?"

我摆弄着手中的筷子,没回答。

"你很犹豫,不知怎么做决定,毕竟这事关未来,关系到后半生怎么活。我猜对了吗?"黎小甜还是那种腔调,"如果你要听我的建议,我会告诉你,倾听自己内心的声音。内心的指引具有强大的力量,这种力量会推动我们走向理想的彼岸。"

我沉思很久,才说:"我是真想回去。"

刘小虎和黎小甜,用不同的话语,表达了同一个意思,那就是:"那就回去吧。"

PART 07 内心的指引

多年后的这个秋天,当我走过万水千山又回到人生出发的地方,我终于明白什么是内心的指引和理想的彼岸。

Part 07 内心的指引

两天后的星期六,我又一次回到半山村。与上次不同,这次我并非独行,妻子和女儿都陪在身边。一路上,我们有说有笑。女儿对山村总是充满期待,每年暑假寒假都会回来一趟。她喜欢那些山和水,喜欢树林里飞来飞去的鸟儿。在服务区休息时,她还在研究手机拍照的模式,琢磨着用什么方法才能把彩林拍得让全世界的人都羡慕。末了,她又感叹道:"要是能遇见一只熊猫,那该多好呀。"

在野外遇见熊猫,是女儿一直以来的愿望。

我没有提前告知,但父亲和母亲也并未感到

惊诧。两位老人沉浸在与孙女见面的喜悦中。父亲带着女儿拍照，母亲在厨房里忙活。妻子成了母亲的帮手，忙得团团转。我倒是落得个清闲，在院子外面的河边散步。秋风萧瑟，寒意十足。清澈的河水缓缓流淌，河面偶尔飘落一片红色的树叶。我缩着脖子踽踽而行，脑海里全是儿时撒欢奔跑的记忆。那种漫无目的、自由肆意的情景，让我五味杂陈。

在当年遇见熊猫的地方，我下意识地停下脚步，愣在那里。我想起父亲给熊猫喂米糊糊的场景，我想起黎小甜当时害怕的样子。想起黎小甜，我脑子里不自觉地回响着那天晚上她说的那句话："内心的指引具有强大的力量，这种力量会推动我们走向理想的彼岸。"

内心的指引？理想的彼岸？秋风从山坳吹过来，掠过平静的河面和我花白的发丝，把我层层包围。风穿过衣袖，从脖子到四肢，灌满全身。

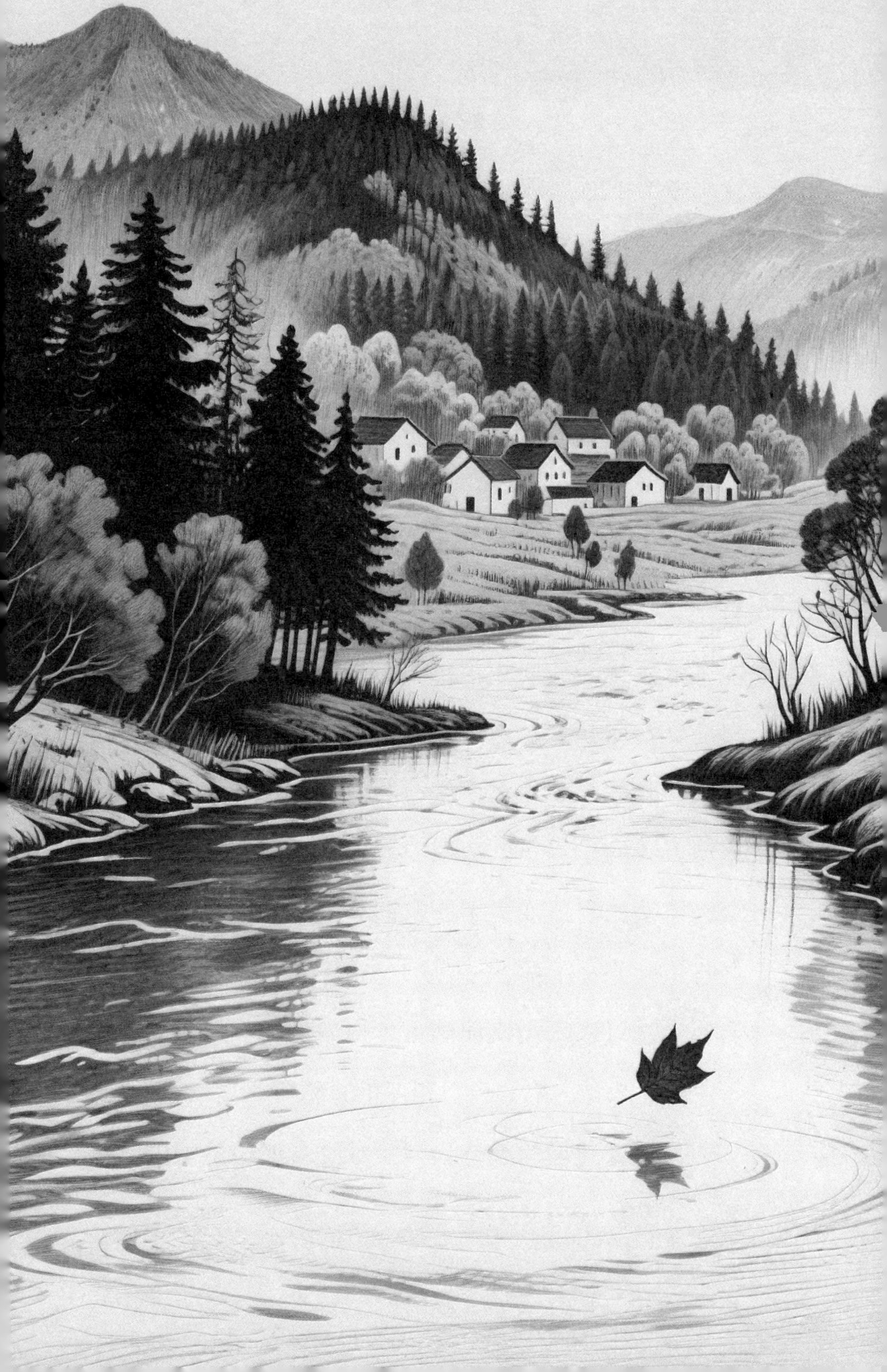

熊猫的村庄　*Panda village*

这感觉陌生而又熟悉，冰凉而又温暖。

从我记事那天起，父亲对我最大的期望，就是离开半山村。在他的认知里，只要我离开小山村，到哪里都很好。他懂得大山的潮湿和贫瘠，他明白山谷的狭窄和天空的浩渺，他一遍遍念叨外面的世界很大很好。外面的世界到底有多大有多好，父亲没有概念。五十岁前，他去过最远的地方也只是县城，那个在我看来其实是枯燥无味的地方。

带着父亲的期望，我一步步向山外走。走出村庄，走向县城；走出县城，走向省城。有一段时间，我的脚步在多个城市驻留，出差、学习和旅游。我的世界里，巍峨的高山变成了高耸的建筑，流淌的河流变成了交错的公路，响彻山间的鸟鸣变成了疯狂涌动的聒噪。多年后的这个秋天，当我走过万水千山又回到人生出发的地方，我终于明白什么是内心的指引和理想的彼岸。

我望着高远的天空，一只雄鹰自那团悠闲的

白云下滑翔而过。我暗自吁了一口气,明确了未来的方向。

这天夜里,我睡得很沉,连个梦都没做。

第二天上午,阳光出奇地好,给宁静的半山村镀上一层金光。起床后,我把桌子椅子搬到院子里,泡好一壶茶,热情地邀请父亲坐下来聊会儿天。父亲扭扭捏捏,但还是坐了下来。是花茶,花瓣在开水中舒张开来,摇曳而下。阳光在那些不太规则的石板上,开出一朵朵明艳的花儿。母亲则在屋子里忙碌,我们下午要返回成都,她恨不得把家里所有好吃好喝的全部塞进车里。妻子不断地说着"够了",母亲却没有停下来。

我没有急不可耐地聊到正题,而是问起父亲的身体与生活。虽然他性子烈、嗓门大,但本质上是个少言寡语的人,此刻更显得木讷。无论我问什么,他都回答"好",或者"可以",又或者"还行"。同时,我的眼睛又时不时瞟向院子角落的喇叭，有些心不在焉。所以，这个天聊得不是很顺畅。

那个高音喇叭挂在院墙的一角，俯视着这个院子。我在等待约定时间的到来，我在等待那首歌响起。

当然，我知道约定的时间，上午十点。我瞟了一眼手机屏幕，现在才九点五十分。这短暂的十分钟，于我来说有些漫长，就像十个月，或者十年。如果呼呼刮过的山风，能吹动时间的脚步该多好，那样我就不用如此煎熬了。

在我与父亲有一句没一句的交流中，时间的指针来到十点，《熊猫咪咪》的旋律准时响起。我家院子里，别人家的院子里，整个半山村的山谷和树林，程琳的歌声同时响起。

没有预告和情况说明，在父老乡亲的眼里，一切都来得唐突。蓦然响起的歌声，搅动着山村的秋色。父亲一愣，蜡黄的手从桌子上抽离，滑过扶手缩进椅子里。他看了看喇叭,又环顾着院子,浑浊的眼神扫过所有物件。眼神从我身上掠过时,他不经意地停留了几秒,但又机警地闪开。

这是我与刘自强的计划,这是我与刘自强的秘密。

"爸,你还记得这首歌吧?小时候,你教我唱过。而且,我学得很快。"

"啊,记得。"

"确实太好听了,我现在都还会唱。"

"是吧?"

"当时为什么会有这首歌,你应该知道吧?"

"嗯,知道。"

"你曾经给我说过,为了保护熊猫,你还捐过钱呢。"

"捐过一点。"

一遍唱完。停顿了几秒钟,歌声又响起。歌声在天空盘旋,在山谷回荡,在林间穿梭。

"今天是什么日子呀,怎么突然放这首歌了?有好几十年没有听过了。"母亲来到台阶,脑袋伸向喇叭的方向,竖起耳朵津津有味地听起来。

"我怎么知道呀,我昨天才回来。"我端起茶杯,咕嘟咕嘟连喝了好几口。

"你装吧?你不知道?"父亲呼了一口热气。

"爸,你知道保护熊猫的重要性。"我答非所问。

"当然知道。"

歌声停下,又立即响起。这是第三遍了。我给刘自强说过,三遍过后,如果父亲还不同意搬迁,那就放弃吧。

"请让我来帮助你,就像帮助我自己;请让我去关心你,就像关心我们自己。爸,你听这歌写得多好。"

父亲的手,缓缓滑过椅子扶手,又回到桌子上。他盯着茶杯,没吱声。

"这世界会变得更美丽。"我重复着歌词,又像是喃喃自语。

"你告诉刘自强,我同意了。"

"你真的同意了?"

"你还想咋的?"

我笑起来,连忙说没啥了。我本来想与父亲开开玩笑,让他自己亲口给刘自强说,又担心让他感到尴尬,彼此都下不了台。我又端起杯子,抿了一口,说道:"爸,谢谢!"

腊月二十八那天,成都下雪了。这雪下得突然,没有任何酝酿。下午时分,雪花悄然在天空狂乱地飞舞。

PART **08** 意外

Part 08 意外

我心头的石头落地,妻子反倒不太开心了。从秋天到冬天,她的眼神和表情越来越凝重,她的言语越来越少。结婚这么多年,我从未感觉我们像今天这样疏离。我们如同站在一条街的两边,虽然距离不远,但要穿透寒冬里的雾霭看清对方,可不是件容易的事。好几次,我尝试着问清缘由,都没成功。要么我话到嘴边又咽了下去,要么我刚一说起她就闪烁其词,充满警惕而又巧妙地躲开。

冷战开始得悄然无声,顺理成章,我实在找不到办法化解。后来的某天傍晚,我觉得这样的沉闷让人窒息，还不如与她吵一架。可是，自从与妻子在一起后，我们从未红过脸，更别说吵架了。

整个冬天，我都朝九晚五准时上下班，不迟到一分不早退一秒。离开校园参加工作后，我的作息从未如此规律过。我所从事的行业，如同这个冬季一般萧条，大雾深锁，一片混沌。我固然已经靠边站，如行尸走肉。罗小斐和顾涛也心事重重，无心恋战。曾经冲劲十足的团队，如今一盘散沙，萎靡不振。从只言片语中，我隐约感觉他们都在寻找下家，可又都没有找到一个合适的去处。那些语气中，透着一股子哀叹与无奈。

我倒是有几次机会跳槽，不过都没成行。在行业里深扎这么多年，大家对我略有了解，知道我处境不好，都抛来了橄榄枝。他们纷纷表态，前途不敢保证，但可以让我过得开心点。我婉拒了，一是不想折腾，二是心有所向。我想就这么待着，有事情就认真做，没事情就安静地待着。待到我想走了，就转身而去。

十二月的一天，我溜进办公室，包都还没来得及放下。顾涛就凑过来，神秘兮兮地说："她可以呀，年终奖都不要了。"

"谁可以呀？谁不要年终奖了？"我嚷起来。

顾涛做了个"嘘"的手势，然后努努嘴，看向王默的办公室。

"她走啦？"我如梦初醒，惊讶得下巴都要掉下来了。王默可是一直把公司当成家，仿佛是家族企业的接班人。

"她悄悄地来，又悄悄地走了。"罗小斐走过来，把脑袋挂在办公桌隔栏上，"她什么都没带走，就只带走了一片云彩。"

"这大雾弥漫的天，哪有云彩？"顾涛瞪了罗小斐一眼，又缩回自己的椅子里。罗小斐自感无趣，也黯然地走了回去。

我窝在椅子里，半天没回过神来。我一直以

熊猫的村庄　Panda village

为王默会振作起来，力挽狂澜，拯救这家摇摇欲坠的公司。罗小斐说王默是悄悄地来又悄悄地走，后半句是真的，前半句却是假的。据我所知，她当初是兴冲冲而来，带着一腔热情。实话实说，她是有能力的。过去的几个月里，她也一直在奋战，隔着几十米距离，我都能听到她话语间的信心。哪成想，她竟然悄然地溜了。

"她去哪儿了？"我几乎是吼出来的。

"谁知道呢。"顾涛打了个哈欠，长长地"啊"了一声。这哈欠传染性很强，我立即困意满身，恨不得倒下去睡一觉。

王默的蓦然离职，让整个公司的氛围更加萎靡。很多时候，半天都听不到有人说话。看起来大家都在忙，其实又无所事事。那种为了项目而热火朝天的讨论，早已随着浓雾飘散。公司创始人、实际拥有者肖健斌，已经很久不见人影。我们一度开玩笑说，那哥们儿是不是已经跑路了，不知道下个月还有没有人交房租和水电费。

冬季是个充满麻醉的季节,时间在昏昏沉沉中不经意地溜走。

腊月二十八那天,成都下雪了。这雪下得突然,没有任何酝酿。下午时分,雪花悄然在天空狂乱地飞舞。公司五天前就放假了,所以我睡了个午觉。迷迷糊糊中,我在女儿的尖叫声中醒来。女儿开心坏了,出生以后,她第一次看见成都下雪。事实上,我在这里生活这么多年,之前也从未下过雪。

"瑞雪兆丰年啊。"我说了句,然后趴在窗户上,看着那些雪花落下来,在树梢和水泥地面一片片重叠,一层层堆积。好半天,我才在女儿的要求下,出门与她打起了雪仗。

我打算明天启程回半山村过年,或许这是在老房子里过的最后一个春节。山脚下的工地如火如荼,集中修建的房屋一天天长高。父亲时常会到山脚下转悠,亲眼见证着新村的建设。自从同

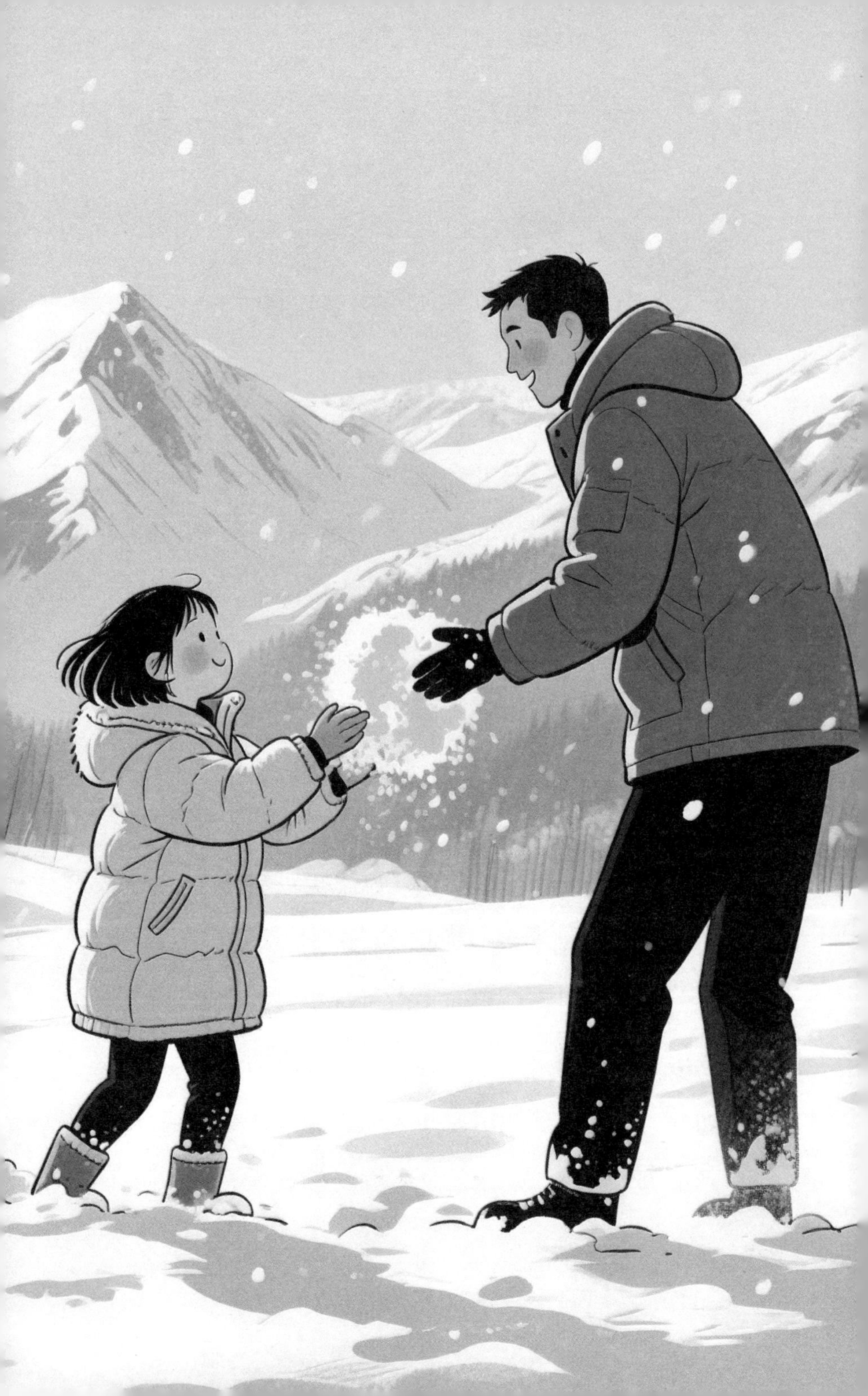

意搬迁后，他的关注点便转移到施工进度上。偶尔，他会站在山腰的湖边给我打个电话，"挺快的嘛"。

女儿打雪仗玩累了，夜里早早入睡。

我坐在客厅里，泡了一杯清茶，半天又没喝。妻子在厨房、客厅和卧室间来来回回，不知道她在忙什么。我们要回半山村，这里不用准备什么。我看了看窗外，苍茫的夜色里，雪花越来越密集。

"这么大的雪，明天会封路吗？"我猛然想到。

"这雪大啊。"妻子终于停下来，在我身边坐下。

这样的感觉，曾经那么熟悉和温暖，而今却是这样陌生和生疏。但没过多久，我又找到了曾经的感觉，就像回到了当初。我扭头看了她一眼，对着她笑了一下，又望向窗外，在心里说了声谢谢。夜色里的雪花，窗户里的灯火，影影绰绰的楼群和树木，构成了一个复杂的世界。

"我心里很清楚，这几个月你很不开心。"

熊猫的村庄　*Panda village*

我喝了一口茶,"好几次,我都想问你,但又没开口。"

"我只是在考虑怎么把女儿养育成人,我只是在担心一家人将来怎么过日子。"

"女儿嘛,慢慢就长大成人了。日子嘛,该怎么过就怎么过呗。车到山前必有路,这是你给我说的。"

"那是我安慰你,不想你被压力压垮。其实,我心里空落落的。我除了把女儿照顾好,真不知道还能做些什么。有时候,我觉得自己有点没用。"

我心里一咯噔,默默地看着妻子。

"你爸不想搬家,我是理解的。你想啊,不管现在的生活多艰难多辛苦,总算有房子有土地。可是,未来的日子到底怎么样,还没个定数。"

我的眼神,再也无法离开妻子。此刻,她倒是没有躲闪,一绺白发安静地贴在额头。这个夜晚,我第一次发现妻子有白头发了。

"你又想啊,我们真回去了,女儿愿意吗?女儿习惯吗?女儿在哪里上学啊?"

我无言以对。确实没话说,一个字都没有。这都是摆在面前的现实问题,一个都无法逃避。

"这段时间,我想了很多,很纠结,很矛盾。我必须给你说实话,我不愿意回去,更不愿意女儿回去。我们千辛万苦从山村出来,现在又要回去。兜兜转转一大圈,感觉白忙活一场。"

我努力挤出一丝笑容,却张不开嘴送上一句安慰。我慌忙起身,逃命一般冲向卧室。妻子说的这些,我不是没有思考过。妻子的内心,我也不是不明白。在一个个漆黑如墨的夜晚,我的思绪在脑子里一圈圈缠绕。我把所有问题都想得清楚明白,却找不到一个冲破迷雾的方向。

"人啊，只要在努力就好。"

PART **09** 決定

Part 09 决定

　　阳光终究会融化所有的冰雪，春风终究会唤醒沉睡的大地。我身心里的寒冷，终于在大年三十晚上被驱散。

　　那天夜里，看完春节联欢晚会后，我们一家人又聊了很久。我毫不避讳地谈起了自己的工作，大胆地提出了返乡创业的想法。为此，我做了足够的心理建设，准备好了迎接父亲劈头盖脸的责骂。毕竟，他死活要守住半山村里的土地，就是为我留一个退守之地。可如今，他同意离开故土搬到山脚下，我却又要离开城市回来。或许，在他看来，我这是一脚踏空了。

"以前啊，我千叮咛万嘱咐，让你考上大学，走出小山村。你也很努力，成功了。现在，你不声不响地又要回来。"在炉火红光的映照下，父亲的面容慈祥了很多。

我把手伸向烤火炉，机械地搓起来，手指一根根变得通红。我真害怕父亲突然提高声调，把后面的转折说得怒气冲天。

"既然你都想好了，那就回来吧。这又不能说明你失败了，夹着尾巴逃跑了。你是在朝另一个方向努力。人啊，只要在努力就好。"父亲的语调始终平稳，像是在安慰自己。

父亲说完，空气都变得温暖了，昏黄的灯光也明亮了。

母亲站起来，拍了拍妻子的肩膀，说船到桥头自然直。说着，她为每一个人的茶杯，都倒满了热水。她又挨着妻子坐下，说不是山下条件更好嘛，不是还有一笔安置费嘛，没啥困难的。

车到山前必有路。船到桥头自然直。这婆媳俩，一人一句口头禅，总是在我最危难的时刻，及时地给我送来安慰。哪怕我知道，这只是一句宽慰人心的话，但我真的需要。在寒冬夜行人的眼里，微微的光亮都会变成巨大的光芒。

我踱步来到窗前，望着寂静的山林，仿佛漫山遍野都摇曳着繁花，仿佛鼻子里飘溢着花香。带着这种奇妙而又美好的感觉，我回到里屋，与妻子推心置腹地聊了很久。大多数时候，我说她听。我以为她会坚决反对，或者唉声叹气地妥协。没想到，最后她只是许下一个心愿，希望将来的日子越来越好。我也把内心的笃定传递给她，让她吃下一颗定心丸。

春节后，我辞职了。

上班第一天，我走进办公室就写了申请书，下午就完成所有程序。在春日的夕阳里，我最后一次从这幢楼的电梯里钻出来，就像五年前那个春日的朝阳里,第一次钻进电梯走向办公室。

那天晚上,我请顾涛和罗小斐吃了顿饭。他俩一前一后,差不多同时来到公司,跟着我干了三年,一起完成了许多看似难以完成的项目。两个年轻人想吃中餐,而我坚持选择了火锅。我略带调侃地说:"从此一别,不知何时相见。就让这顿火锅,祝福我们以后的日子都红红火火。"

两人面面相觑。

吃到一半时,顾涛忍不住了,终于问起了我的去向。我没有及时回答。我的答案,或许在他们看来有些不可思议。他俩一个来自农村,一个来自县城,但都是名校毕业,一心要在大城市立足。对于我的选择,怕是难以理解和共情。罗小斐忙不迭地说,如果新地方需要人,把我俩带上呗。我们的职业精神和业务能力,你知根知底。无论走到哪里,我们还是归你领导。

我笑起来,埋着头嘿嘿地笑着。

"你笑什么?"罗小斐苦着一张脸,"我们是真的走投无路了。"

"我回老家去,你们愿意跟我去吗?"

"啊?"顾涛和罗小斐,同时放下碗筷,四束炽热的目光打在我的脸上,久久不愿离开。

我给他们详细说了来龙去脉,以及未来的打算,包括长达半年的心路历程。他们的惊讶,慢慢变成了理解,最后又变成了羡慕。"我们的故乡,早已没有容身之处",这是他们共同的感慨。一个说山村太贫瘠,一个说县城太枯燥;一个说山村无人烟,一个说县城无前途。到最后,在他们的眼里,我倒成了一个幸福的人。

"你俩在一起吧,会很幸福的。"我打趣道。他们关系甚好,年龄相当,而且都是单身。此话一出,三个人用哈哈大笑,为这次聚会画上了句号。

回家路上,我走在荡漾的春风里,想起刚才那个玩笑,又不觉笑出声来。

拉开车门即将钻进去时,我又转身了望新生的半山村。刘自强曾经的宣讲完全属实,一一兑现。事实上,我认为比承诺的更好。

PART 10 熊猫的村庄

接下来是一段奔忙的时光。从春天开始，一直到夏天，又持续到秋天。

我开着车，穿梭在各个旅游景点，出没于一家家民宿。每走进一家，我都真诚地告诉他们，我即将回到故乡开民宿，现在前来取经。后来，我想起这事儿，发现自己用了最笨的方法。不过，大家倒是热情，从装修布局到宣传营销，从菜品设置到文化活动，全都倾囊相授。那种喜悦和充实，仿佛是一个求知若渴的学生，面对老师毫无保留的传授。

熊猫的村庄　*Panda village*

　　作为一个在建筑设计行业浸泡过多年的人，我对构建一个物理空间有信心，但对文化活动确实一头雾水。幸好，我在青城后山的"后山公馆"里找到了答案。老板张琴和罗飞热情地接待了我，带我参观了这个三层楼的小院。大大小小的房间和林林总总的装饰，虽然别具一格，但也没让我十分惊叹。真正让我眼前一亮的，是图书阅览室。这个空间不大，但环境雅致，处处透着书香。长条木桌，高背木椅，四面墙的书架，放着各种各样的精美图书。坐在阅览室里，抬头便可望见一河之隔的远山。山谷不宽，山上树木葱茏，仿佛一伸手便可摘得一片树叶，采得一片花瓣。

　　张琴耐心地为我介绍阅览室的建设，空间布置、图书选择以及活动开展。这间并不宽敞的阅览室，除了游客自主阅读外，还会定期举办诗歌朗诵、阅读分享、经典诵读等形式多样的活动。每一场活动，张琴都亲力亲为。

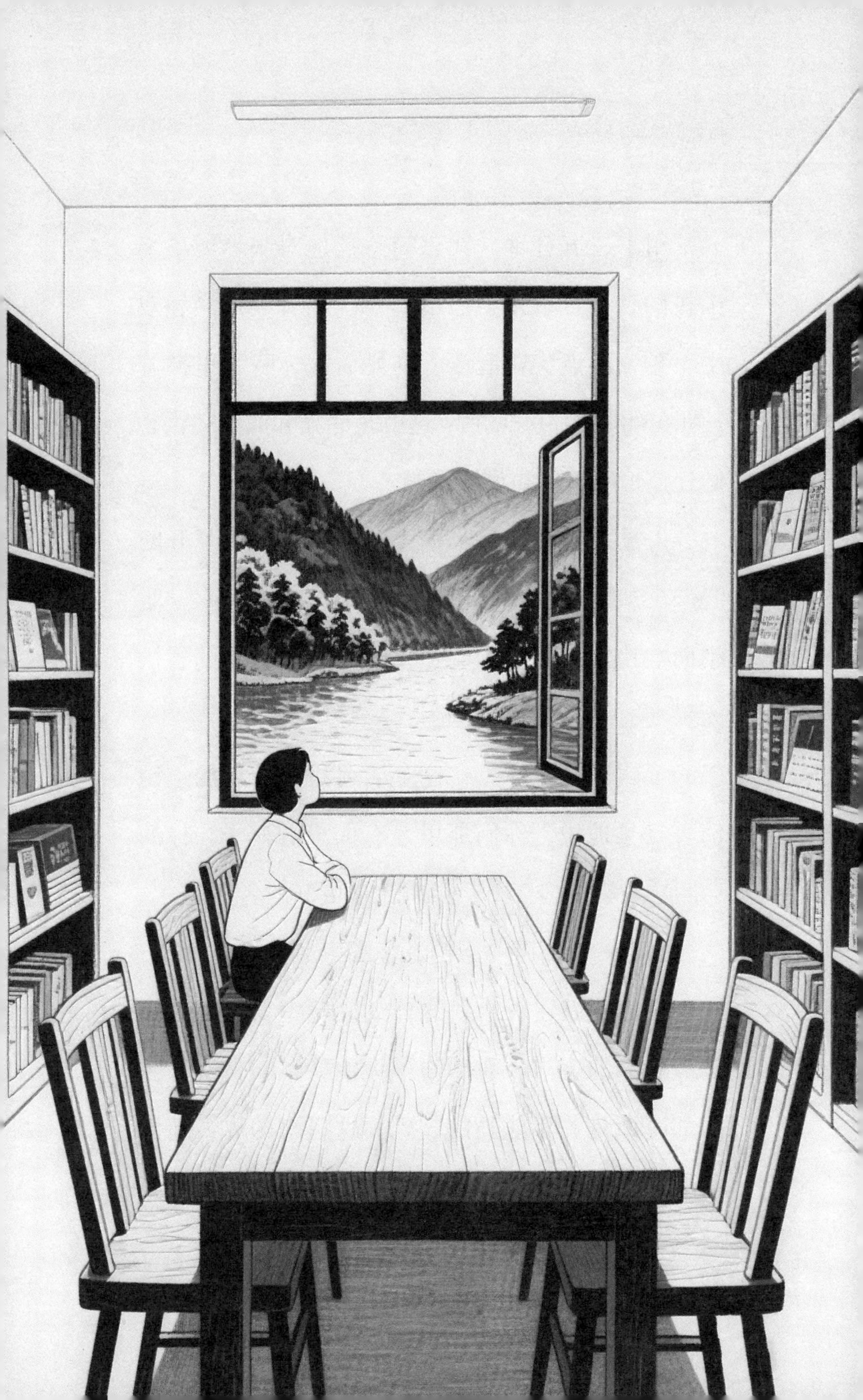

熊猫的村庄　*Panda village*

用了三五分钟，我言简意赅地对张琴说了半山村的背景，以及自己的打算。话音一落，她双手一拍，差点尖叫起来。在她看来，我手里握着一张好得不能再好的牌。这就是熊猫和熊猫文化。她连连惊呼，熊猫谁不爱呀。

人见人爱的熊猫，让张琴的思路一下子开阔起来。从她嘴里说出来的话，如奔流的河水，激越而欢快。从店名到阅览室、从店招字体到餐饮配置，她都说得头头是道。

"熊猫的村庄"，这个店名是张琴定的。她信誓旦旦地说，你们那里是有熊猫的村子，你的店叫"熊猫的村庄"，没有比这更好的名字了。

张琴的笑声叮叮当当，像那串风铃的碰撞。

"你可以建一个我这样的阅览室，环境雅致是最起码的要求。我认为最大的特色，是所有图书都应该是关于熊猫的。到你这里来的人，随便拿起一本书，就走进了熊猫的世界。"张琴说到激动时，手臂挥舞起来，"你有没有想过，这会成为最亮的名片，或许会成为游客争相而来打卡的地方？"

"这个想法，真是太棒了。"

"别着急，我还有创意呢。"张琴示意我坐下，"你在餐饮方面，也要完全与熊猫相关。熊猫咖啡，熊猫茶叶，熊猫面包，熊猫纸巾……总之一句话，只要能与熊猫结合的，你一定要做够做足。"

我点点头，真是醍醐灌顶。

张琴还给了我很多建议，我都一一收下。

"后山公馆"是我拜访的最后一家民宿，与张琴和罗飞告别后，我飞奔回家。与妻子女儿短暂相聚后，我又飞奔回老家。妻子又像往日那般，嘱咐我路上注意安全，"慢一点，心里就静了。心里静了，事情就会顺起来。"

回去的路上，我接到刘小虎的电话，他开口第一句便问，你真的决定开民宿了？我说是的，

熊猫的村庄　*Panda village*

此刻正在回半山村的路上呢。他呵呵一笑，说他马上就回来。接着，他又补充说，我爸说你都回来了，就给我下了最后的通牒。

"嘿，你爸不是在村子里到处嚷嚷，说你早就决定要回去嘛。结果，你现在才下决定。"

"我给你说过，自己并不是很想回去。可是，我爸天天催，早上起床后催，晚上睡觉前催。前几天，他居然在电话里咆哮起来，说他把话都放出去了，难道要他把吐出去的口水收回来吗？既然如此，那我就回去吧。想想，我觉得回去也不错。"

"回来呗，哥们儿又可以一起玩耍了，就像小时候那样。"

刘小虎嘿嘿笑着。我们挂断了电话。

我一直认为妻子贤惠，没想到还是个预言家。真如她所言，一切都顺起来了。山脚下新村子的建设，比我想象的快，比我想象的好。

透过玻璃车窗，我老远便看见了楼房一幢挨

着一幢，随着地势走向，前前后后、高高低低。周围大环境的轮廓，随着距离越来越近，逐渐清晰地进入我的眼帘。房子依山而建，外面小河奔流。河水从山上流下来，绕着楼群转一圈，又流向远方。每隔几十米，便是一座廊桥，将村子与外面连接。每一座廊桥，都是黑白两种颜色。白色的桥墩和柱子，黑色的屋檐和瓦片。桥顶两端，坐着两只熊猫。左边的熊猫扬起左臂，右边的熊猫扬起右臂，用微笑欢迎着每一个人。

我把车停在路边，穿过廊桥，走进这个新村。村子的名字，还是叫半山村。

其实，村子已经建设完毕，只等着人们陆续入住。秋日的阳光下，我缓慢地移动脚步，从一幢房子到另一幢房子。每一幢房子粗看很相似，细看又各有不同。围墙的造型，栽种的植物，都能把每一个院子和每一幢房子，装点得别具风采、千姿百态。每家每户门口的熊猫雕像，都是神态

熊猫的村庄　*Panda village*

各异。有的趴在草地上睡觉，有的蹲在石头边吃竹笋，有的抱着树干往上爬。

在父亲电话的指引下，我来到了属于我们家的房子前，门牌上写着：半山村168号。

站在院子前，看着白色的墙壁，我寻思着将来要在墙面上画一幅画，呈现熊猫在山林里悠然生活的场景。壁画里要有高山耸立、瀑布飞泻、流水潺潺，要有茂盛的竹林和宽阔的草坪，当然还必须有憨态可掬的熊猫。我又往里走，眼神在院子的每个角落徘徊，哪个地方放绿植，哪个地方摆桌子，哪个地方做水景，慢慢地都在脑海里呈现。最后，我来到院子门口，目光停留在屋顶，想象着"熊猫的村庄"这几个字将来成形的样子。

我给父亲打了个电话，说了自己的感受，说了小虎在回来的路上。末了，他突然问道："小甜呢？你跟她有没有联系？"

"没有。"我边说边往外走。

我没给父亲说与黎小甜见面的事，每个人的选择不同。挂断电话后，我又认为自己多虑了，或许从他同意迁到山下生活那一刻起，就已经释怀了吧。刘小虎的回来和黎小甜的不回来，都不影响父亲的决定和我的未来。

拉开车门即将钻进去时，我又转身望了望新生的半山村。刘自强曾经的宣讲完全属实，一一兑现。事实上，我认为比承诺的更好。然后，我发动汽车朝山上开去。那条蜿蜒的山路，不知还能走多少回。

"所有热爱大熊猫的人,都是追熊猫的人。"

PART 11 追熊猫的人

Part 11 追熊猫的人

又是一个大年三十。

我坐在三楼客厅里,目光从远处的雪山慢慢收回来,环视着宁静的街道。曾经的半山村,人们散落在山坡上,掩藏在树林里。现在的半山村,楼房林立,街道交错,充满烟火气息。

子夜时分的半山村,很安静,很祥和,橙黄色的灯光里,看不见一个人影。过年了嘛,没有游客,村子里的人们都在享受欢聚时刻。我摇动着杯子里的红茶,抿了一口,抬头看着"熊猫的村庄"这五个大字。从张琴那里得到启发,我采用了比较俏皮的字体,笔画间透着一股子可爱,展现了她所说的"熊猫的神韵"。

闪烁的灯牌,让我想起了开业那天的热闹场景。那是世代生活在山村里的人,见过的最隆重的仪式。作为村主任,刘自强发表了热情洋溢的致辞,大家也用热烈的掌声给予回应。在欢呼声中,我们开启了新的生活。人群里,我和刘小虎四目相对,都给对方送去了微笑。

看完春节联欢晚会后,妻子和女儿就已睡下。女儿还在成都读书,妻子独自照顾。放寒假第二天,我就把娘俩接了回来。女儿喜欢山水,几乎每天都在山里穿来穿去。她喜欢雪,恰巧这座大山从深秋后,每隔几天就会降落一场大雪。地上的积雪,要等到第二年春天才会融化。

临睡前,我给了妻子一个拥抱,在她耳边轻轻告诉她,不用悄悄做兼职了,我能养活她们娘俩。她搂着我的脖子,点了点头。

我来到二楼,走进"熊猫图书馆"。这间按

照张琴的建议而布置的阅览室，我取了一个偏大的名字。柔和的灯光里，我在书架前缓缓而行。在妻子的帮助下，我精选了几百本关于熊猫的图书。有纪实类的《大熊猫的春天》《熊猫中国：中国大熊猫纪实》《全国第四次大熊猫调查报告》，有科普类的《你不知道的大熊猫》《熊猫大百科》，有文学类的《追熊猫的人》《熊猫花花》《熊猫康吉的远行》《熊猫男孩奇幻旅行记》。类别和品种，都比较齐全。我希望每个来到"熊猫的村庄"的人，都能从各个角度认识熊猫。后来，我给张琴拍了张照片，她在微信里给我点了三个赞。三个大拇指，让我感到温暖和喜悦。

平常太忙，我很难静下心来阅读，此刻是最好的时间。我抽出《追熊猫的人》，在空调吹出的暖风里，一字一句地读着。这本书的封底，那句"所有热爱大熊猫的人，都是追熊猫的人"，深深地触动了我。半山村里的人，所有为了熊猫而来的游客，都是追熊猫的人。

十多分钟后，突如其来的电话震动声，把我从故事里拉回到现实中。我扭头看着桌子上的手机，屏幕上闪烁着"黎小甜"三个字。她为什么给我打电话？她为什么在正月初一的凌晨给我打电话？两个问题，立刻在我的脑子里盘旋。正在我绞尽脑汁想答案时，手机与桌面碰撞的"嗡嗡"声停了。

我又回到书本里，可再也进入不了那个故事。主人公是否与妻子重归于好？他的女儿是否得到疗愈？这个夜晚，我得不到答案。我只好把书放回去，一口把杯子里的红茶喝光，打算回卧室睡觉。

刚站起来时，手机又"嗡嗡"响了一声，屏幕的亮光告诉我，有人给我发信息。祝福的高峰期已过，此刻又是谁发来的信息？

还是黎小甜。她在微信里问我："方便通电话吗？"

我迟疑了很久，然后来到三楼，穿过客厅来到露台。站在露台上，我可以远远地望见黎小甜家。在山上时，我们两家很近；现在到了山下，我们之间的距离偏远了。我家在东头，她家在西面。夜色笼罩下，黎小甜家的院子黑黢黢的。

"方便。"我回了信息，又主动拨电话打过去。

电话接通后，我们竟然一时相对无言。我挖空心思地想一个开头，可半晌也没个头绪，总不至于问她凌晨时分为什么打电话吧。最后，我琢磨着，送上祝福或许是最恰当的，便说了句新年好。黎小甜的声音穿过雪夜，飘进我的耳朵。她也说了句新年好，但语气里没有半点新年的气象。

"什么时候回来的？"

"好几天了。"

"什么时候走呢？"

"不走了。"

这三个字很唐突，很直接，如一记闷棍砸在

我的后脑勺。我有点蒙,不知该说些什么,好半天挤不出一个字来。

"我的公司没了。"黎小甜哽咽着,但没哭出来。

接下来的几分钟里,黎小甜幽幽地说着最近几个月的情况。其实,我们上次见面时,她的公司就摇摇欲坠了,一边是几千万欠款收不回来,另一边是几千万债务需要偿还。欠钱的人销声匿迹,她自己却无处藏身,要债的人天天堵在门口。在一个寒冬的夜晚,她终于明白自己带不动这家公司了,做好偿还债务的方案后,便遣散了一百多名员工,宣告公司破产。那一刻,她觉得自己既轻松又茫然。

"那里什么都没有了,我回去干什么呀。"黎小甜终于哭了出来,"我想留下来,你觉得怎么样?"

"那就留下来吧。"

后来，黎小甜又边哭边说了很多，声音淅淅沥沥，像暮秋时节的雨。我也说了很多，但已记不清是否送上安慰和鼓励。挂断电话，我望着满天繁星，叹了口气。转身回屋时，我又望了一眼黎小甜家，二楼房间里亮起了灯光。

创作手记
熊猫的村庄，我们的村庄

熊猫是中国国宝，在地球上生存了至少800万年。熊猫本身具有科研价值、文化价值、美学价值、生态价值等多种价值；熊猫有着令人着迷的生物习性和科普知识，熊猫的栖息地拥有让人向往的人文历史。这些都值得我们去全面认识和深度挖掘，也是我创作的宝库。

我创作出版过很多类型的作品。2017年，我放弃了其他题材的文学创作，专注于熊猫题材的书写。其实，对我来说，书写熊猫是等待已久的创作。我一直想把熊猫写好，但之前苦于缺少机会去深入学习。念念不忘，必有回响。2017年，

熊猫的村庄　Panda village

我终于迎来了书写熊猫的大好时机。于是，我不断地向专家、学者、饲养员、巡护员等熊猫界的专业人士请教和学习，不断地到熊猫栖息地去实地考察。几年时间过去，我一共创作出版了10多部熊猫主题文学作品。

我的熊猫文学创作，主要有三个方向，一是真实熊猫的真实故事，如《熊猫明历险记》《熊猫花花》《熊猫福宝》《渝可渝爱》等。二是由熊猫的生物习性和历史文化而引发联想、构思而成的故事，如《熊猫康吉的远行》《大熊猫星宝》等。三是人与自然和谐相处带来的启发，如《我的邻居是大熊猫》《追熊猫的人》《熊猫男孩奇幻旅行记》，以及这部《熊猫的村庄》。

无论哪个方向，我都努力在故事里融入知识，通过"文学＋科普""故事＋知识"的方式，不断科普熊猫知识和推广熊猫文化。我希望读者在阅读一个故事时，可以学到熊猫丰富的科普知识，感受熊猫独特的文化内涵，以及了解熊猫栖息地的人文地理。同时，我希望通过这样的书写和表达，激发大家更好地保护大熊猫和热爱大自然的意识。

《熊猫的村庄》是一部比较特别的作品，着眼于熊猫栖息地保护和乡村振兴，同时也反映了时代的变迁，以及我们对美好生活的向往。创作的灵感，来源于四川宝兴县邓池沟熊猫新村。这个村子背后的故事，这里人们幸福的生活，都让我极度兴奋。于是，我虚构了一个故事，写下了这部与我以往的熊猫文学作品不同的小说。

在这个故事里，人类为了更好地保护大熊猫，从山上来到山下，把山林还给大熊猫，让国宝们自由自在地生活。离开故土的人们，也告别了原来的生产与生活，开启了全新的生活。

那个曾经因在半山腰而得名的"半山村"，搬到山脚下后没有改名，还是叫"半山村"。虽然村庄的名字没有更改，但是人们的生活却发生

熊猫的村庄　*Panda village*

了天翻地覆的变化。人们开始了以熊猫文化与熊猫旅游融合为主的生活方式，接待来自五湖四海的游客。山上的熊猫保护得更好，山下的人们也生活得更好。故事的主人公林山，在人生的艰难时刻做出了自己的选择，带着妻子和女儿，从喧嚣的城市回到宁静的乡村，经营一家名为"熊猫的村庄"的空间，过着幸福的生活。

"熊猫的村庄"，在故事里只是林山经营的文旅空间，是"半山村"的缩影。"半山村"这个与熊猫有关的村庄，既是熊猫的村庄，又是我们人类的村庄。透过这个故事，我们可以看到人与自然能够非常和谐地相处，自然生态的保护与人类社会的发展，能够找到一个最佳的契合点。人生、生命与生活之间，亦能找到一个最佳的平衡。

▶ 四川宝兴县邓池沟熊猫新村。《熊猫的村庄》的创作灵感来源于此。图由宝兴县融媒体中心提供。

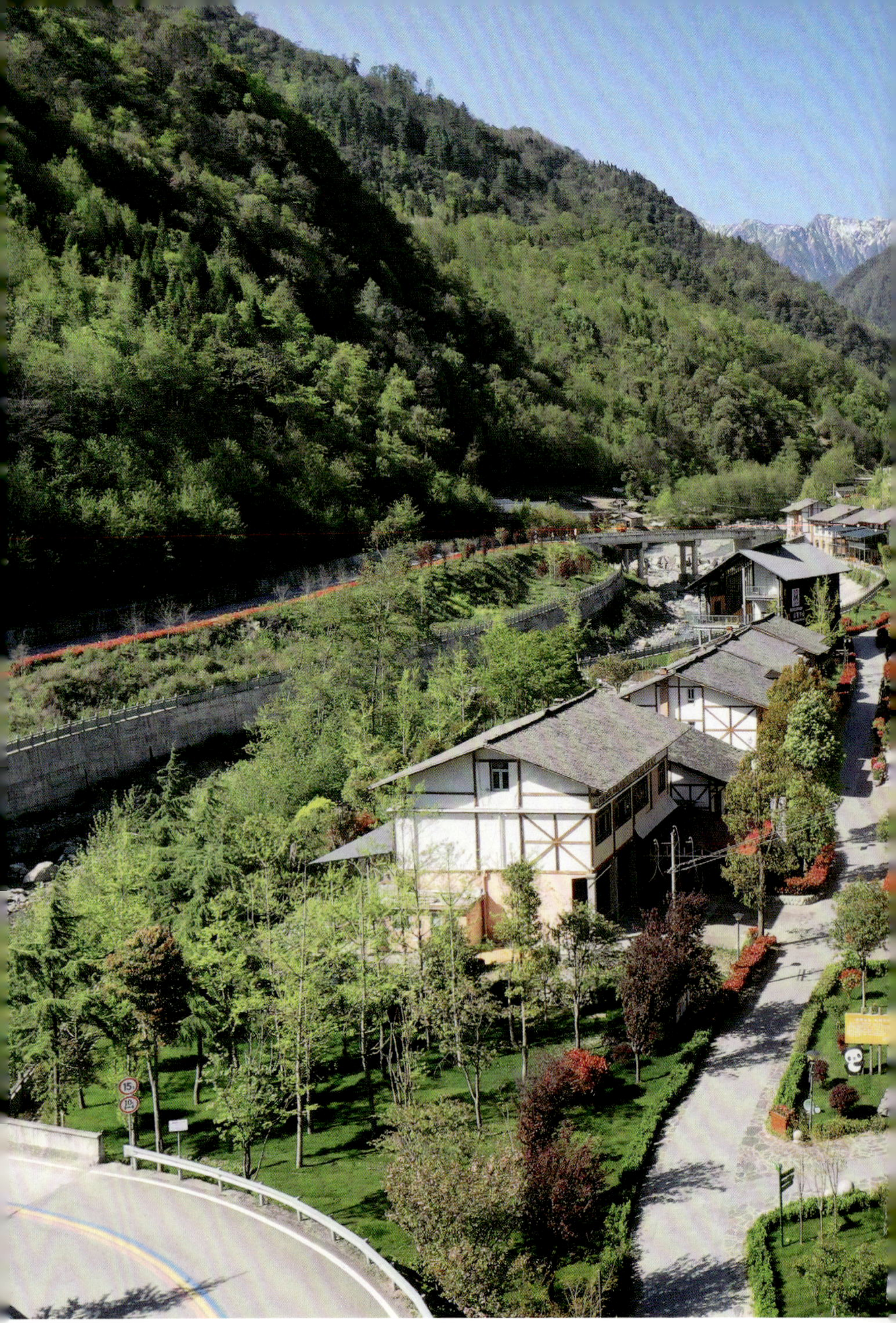

▶ 俯瞰四川宝兴县邓池沟熊猫新村。图由宝兴县融媒体中心提供。

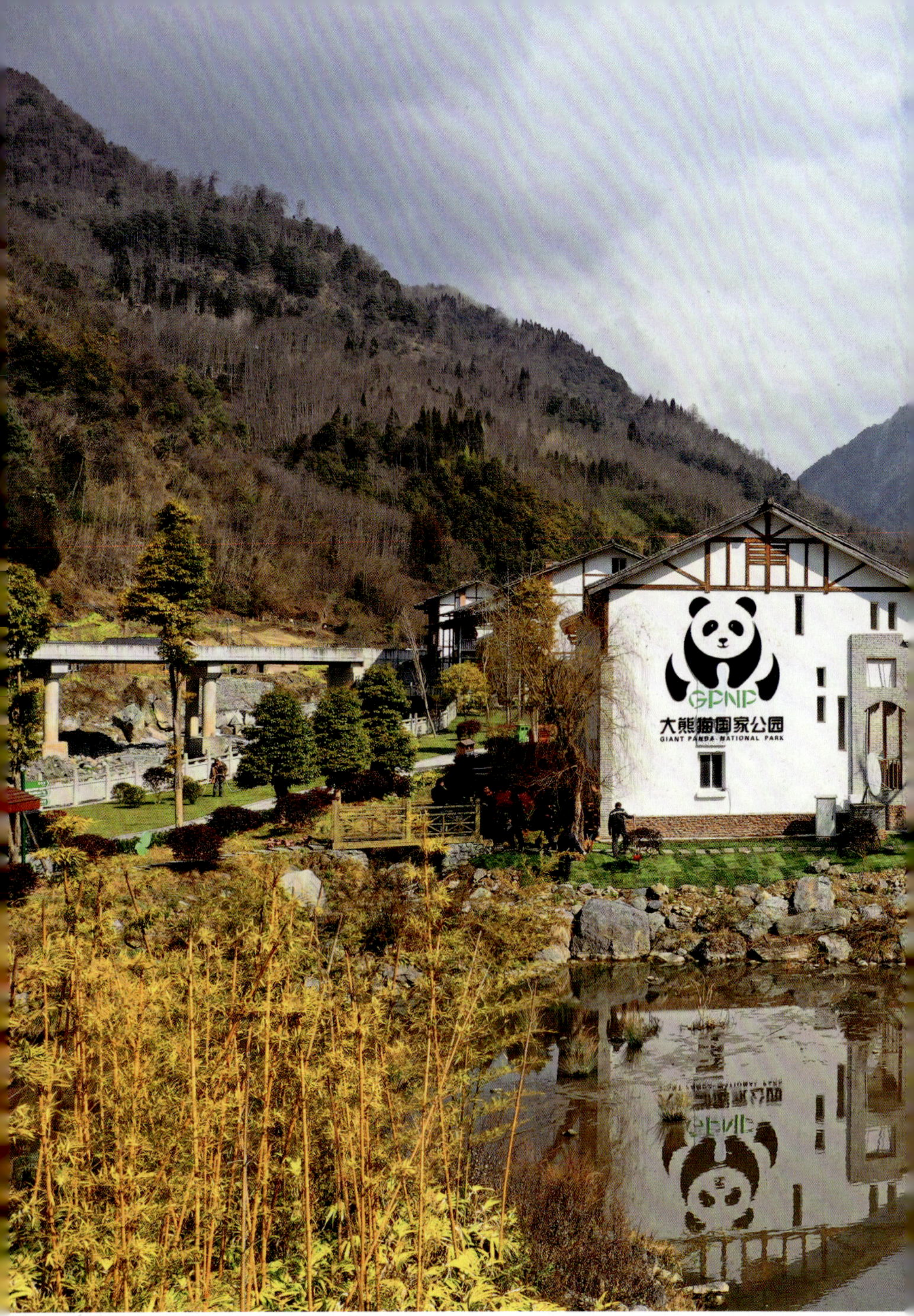
GPNP
大熊猫国家公园
GIANT PANDA NATIONAL PARK

▶ 蓝天白云下的四川宝兴县邓池沟熊猫新村,人们过着幸福的生活。图由宝兴县融媒体中心提供。

▶ 经常到熊猫谷看熊猫。

▶ 在大熊猫国家公园"四川1号界碑"。这块编号为"SC0001"的界碑，见证了大熊猫国家公园的成长史。

这些年，去到很多大熊猫的栖息地以及与其相关的文化环境，从中汲取了很多创作灵感。也越来越感受到，大熊猫的身上有很多的智慧，它们活成了传奇。

▶ 在中国大熊猫保护研究中心卧龙神树坪基地。在大山的怀抱里，熊猫们过着幸福的生活。

▶《熊猫花花》分享会。过去几年里，我在学校、社区和书店，举行了几百场熊猫科普知识分享活动。

▶参加2022四川大熊猫国际文化周，并主持大熊猫文学艺术专题交流会。

▶出席"大熊猫粉丝游四川"全球发布活动，分享与大熊猫的情缘。

大熊猫的故事，每个生命都是奇迹。从"看熊猫""爱熊猫"到"写熊猫"，我会继续深耕熊猫题材，带着满腔热情投入到每一个字的写作，创作出更多好作品。